Dr. Lee의 좌충우돌
# 미국 수의사
## 도전기

Dr. Lee의 좌충우돌
# 미국 수의사
## 도전기

**초판 1쇄발행**   2018년 11월 30일
  **4쇄발행**   2022년 9월 7일

**지 은 이**    이기은
**펴 낸 이**    이기성
**편집팀장**    이윤숙
**기획편집**    최유윤, 윤가영, 이지희, 서해주
**표지디자인**   최유윤
**책임마케팅**   강보현, 김성욱
**펴 낸 곳**    도서출판 생각나눔
**출판등록**    제 2018-000288호
**주    소**    서울 잔다리로7안길 22, 태성빌딩 3층
**전    화**    02-325-5100
**팩    스**    02-325-5101
**홈페이지**    www.생각나눔.kr
**이 메 일**    bookmain@think-book.com

• 책값은 표지 뒷면에 표기되어 있습니다.
  ISBN  978-89-6489-921-2  (03810)
• 이 도서의 국립중앙도서관 출판 시 도서목록(CIP)은 서지정보유통지원시스템 홈페이지
  (http://seoji.nl.go.kr)와 국가자료공동목록시스템(http://www.nl.go.kr/kolisnet)에서
  이용하실 수 있습니다(CIP제어번호: CIP2018036635).

# Dr. Lee의 좌충우돌
# 미국 수의사
# 도전기

이기은 지음

수의사를 꿈꾸는 사람을 위한 필독서!

생각나눔

어느덧 이 책을 쓴 지 4년이 지났고, 독자분들의 사랑을 받아서 제4쇄를 추가 인쇄하게 되었습니다. 한국에서 수의대를 졸업하고 미국에서 수의사로 일하고 싶으신 분들, 혹은 수의사를 꿈꾸는 학생분들께서 제가 쓴 이 책이 도움이 많이 되었다는 얘기를 들으면 참 보람되고 뿌듯합니다. 책을 읽을 당시에는 수의대 학생이었던 친구가 수의사가 되어 미국에서 만나기도 했고, 고등학생 때 책을 읽고 수의대 진학을 결심하게 된 친구를 만나기도 했습니다. 진로를 결정하는 데 있어서 제가 쓴 책이 조금이나마 보탬이 되었다니 참 기쁠 따름입니다.

하지만 솔직히 말씀 드리면 이 책을 읽고서 나중에 우스갯소리로 저에게 푸념하신 분들도 적지 않습니다. 그 중에 가장 많이 들었던 소리가

"왜 오클라호마 수의대 실습이 이렇게 힘들다고 말하지 않았나요? 책만 읽었을 때에는 너무 재미있고 행복하게만 보였는데, 실습 시작하고서 며칠 동안은 매일 울기만 했어요. 너무너무 힘들더라고요." (실제로 들은 말입니다.)

그 말을 듣고서 저는 속으로 생각했습니다.

'책 어디에도 이게 쉽다고 한 적은 없는데…'

나중에 저를 만났을 때 저에게 볼멘소리를 할 독자가 비단 저분만 있을 것 같지는 않다고 생각합니다. 학생 때 책을 읽고서 수의사라는 진로를 선택하게 된 분들은 나중에

"왜 수의사가 이렇게 힘든 직업이라고 얘기하지 않았나요? 매일 개 고양이 똥이나 보고 진상손님 상대하는 줄 알았으면 전 수의사 안 했을 겁니다."

혹은 책을 읽고서 미국행을 결정하신 분들은

"왜 미국 사는 게 이렇게 힘들다고 얘기하지 않았나요? 영어 하는 것도 너무 힘들고 한국보다 모든 게 너무 불편해서 좋은 걸 모르겠습니다."라고 하실 수도 있을 것 같습니다.

인생은 멀리서 보면 희극이지만 가까이서 보면 비극이라는 얘기가 있습니다. 본인이 직접 경험해 보지 않은 이상 모든 것들이 겉으로만 봤을 때는 좋아 보이지만, 실상은 다를 수 있습니다. 그래서 저는 그럴 때일수록 결정을 내릴 때는 본질에 집중해야 한다고 생각합니다. 내가 왜 수의사가 되고 싶은지, 내가 왜 미국에 가고 싶은지에 대한 고민 없이 그냥 좋아 보

여서 그 길을 좇았다가는 나중에 크게 후회하게 될 수 있습니다. 제가 쓴 이 책은 그냥 참고로만 하시고, 결국에 결정을 내리는 것은 본인 몫이라는 것을 염두에 두시고 앞으로의 진로를 잘 결정하시기 바랍니다.

다시 한 번 제가 쓴 이 책을 사랑해주시는 독자 분들께 감사드리며, 앞으로 기회가 되면 미국에서 수의사가 된 이후의 에피소드들에 관해서도 써 보도록 하겠습니다.

감사합니다.

2022년 8월 4일

이기은 수의사 드림

수의대를 다니고 있는 학생 혹은 현역 수의사 중에서도 '미국 수의사'에 대해서 한 번쯤 들어보거나 생각해 보신 분들이 많을 것으로 생각한다. 나 역시 수의대 본과 1학년 때 지나가다가 읽은 기사를 통해 관심을 두게 되었고, 미국으로 진로를 정하게 되어 현재 낯선 땅 미국에서 수의사로 활동하고 있다.

미국 수의사 면허증을 따기 위해 오클라호마 수의과대학 동물병원에서 로테이션을 돌던 와중에 내 경험을 글로 써서 더 많은 사람이 '수의사'라는 직업이 어떤 트레이닝 과정을 거쳐서 배출되고, 이러한 트레이닝을 통해 얼마나 전문적인 직업인으로 성장하는지 공유하고 싶은 생각이 들었다. 그래서 주위 분들에게 조금이라도 도움이 될 것 같아 인터넷에 연재하기 시작한 글이 많은 호응을 얻게 되어, 이 일이 점점 나에게는 의무감으로 다가왔다.

인터넷상에 있던 글을 오프라인 책으로 출판하게 된 이유 중 하나는 조금 더 많은 독자에게 내 경험을 들려주고 싶었기 때문이다. 현재 미국 수의사를 고민하는 수의대생, 혹은 수의사분들에게 미국의 수의대 본과 4학년 로테이션이 어떻게 진행되는지 알려주고 싶었다. 특히나 미국에서의 수의대 본과 4학년은 한국 수의대와는 달리 말과 농장 동물에 매우 큰 비중을 두고 있기 때문에 내가 쓴 글을 읽고 더 많은 수의대 학생들이 책을 통한 간접 경험, 혹은 미래에 직접 여기로 와서 수의사로서 더 넓은 세상을 봤으면 하는 바람으로 하나하나 기록하게 되었다.

수의학 전공자뿐만 아니라 현재 수의사를 조금이라도 꿈꾸고 있는 중·고등학교 학생들과도 내 이야기를 공유하고 싶었다. 시중에 개, 고양이의 질병에 관한 책은 많지만, 실제로 수의대생이 수의사가 되기까지의 과정을 1인칭 시점으로 서술한 책은 보지 못했던 것 같다. 수의사가 되기 위한 힘든 과정에서 느끼는 희로애락, 그러면서도 아픈 동물을 치료하면서 느끼는 보람을 어린 학생들이 조금이라도 느끼고, 수의사가 얼마나 보람 있고 매력적인 직업인지 느낄 수 있다면 더할 나위 없이 좋을 것 같다.

가장 넓은 독자층으로는 반려동물을 키우고 있는 한국의 많은 보호자분들에게 우리 네발 달린 친구들이 자주 걸리는 질병을 이해하기 쉽게 설명해 드리고 싶었다. 너무 전문적이고 이해하기 어려운 내용은 가급적 빼고, 수의학을 전공하지 않은 독자들도 충분히 이해할 수 있도록 쉬운 말로 쓰도록 노력했다.

마지막으로 수의사로서 더 넓은 세상을 볼 수 있도록 아낌없는 지원을 해 주신 부모님께 감사의 인사를 드리고 싶다. 또한, 지금까지 미국이라는 이국땅에서 아무 조건 없이 나를 도와주신 많은 분에게 감사의 인사를 전하고 싶다.

2018년 11월 23일

이기은, DVM 드림

# 목 차

# 1

# 미국 수의사 준비

# 🖊️ 나중에 뭐 하지?

한국의 수의대는 예과 2년 본과 4년의 6년제 과정이다. 예과 때는 생물, 화학 등 기초 과목을 배우며, 본과 1학년부터 본격적으로 수의학에 필요한 지식을 배운다. 군대에 갔다와서 본과 1학년에 복학한 나는 초반에는 공부를 따라가느라 정신이 하나도 없었다. 군대에 있는 동안 쓰지 않았던 머리는 본과 1학년 초반부터 시작되는 해부학, 생리학 등 암기 위주 과목과 계속되는 시험을 감당하지 못해서 허덕거렸다. 그렇게 어느 정도 적응을 좀 하고 나자 근본적인 물음에 직면했다.

'나중에 뭐 하고 살지?'

사실 많은 사람이 수의대를 졸업하면 강아지, 고양이와 같은 반려동물을 치료하는 '임상' 수의사가 된다고 생각하지만, 현실은 그렇지는 않다. 수의학은 정말 진출할 수 있는 분야가 무궁무진하다. 기초과학을 공부하는 연구원이 될 수도 있고, 국가 방역을 담당하는 공무원이 될 수도 있으며, 제약회사 또는 동물과 관련된 회사에 취직할 수도 있다. 그래서 실질적으로 동물병원에서 일하는 임상 수의사가 되는 비율은 내가 졸업한 학교에서는 생각보다 높지는 않았다.

무엇이든 선택지가 너무 많으면 오히려 선택하기 힘든 법. 막연히 반려동물을 치료하는 수의사가 되겠다는 생각은 있었지만, 본과 1학년의 나에게는 선택지가 너무 많아서 나중에 구체적으로 뭘 해야 할지 도저히 선택할 수 없는 그런 상태가 되어 버렸다. 그러던 중 우연히 미국 수의사에 도전하는 한인 수의사들의 뉴스 기사를 접하게 되었다.

'왜 미국에 가는 거지?'

기사를 읽고서 가만히 생각해 보니까 수의사는 당연히 동물이 많은 곳에 가야 일도 많을 것 같았다. 또한, 반려동물 문화가 형성된 지 얼마 안 된 우리나라에 비해서 미국은 아주 오래전부터 동물을 반려동물로 키운 역사가 있어서 수의학도 엄청나게 발달했을 것 같았다. 어쨌거나 학교에서 공부하는 모든 수의학 관련 교과서가 다 미국에서 넘어온 것이었기 때문에 우리나라보다는 더 발달한 수의학을 접할 수 있을 것 같았다.

내 어림짐작 말고, 객관적 통계를 자세히 들여다보기 시작했다. 우선 대략적인 시장 크기부터 찾아봤다. 미국의 경우 2013년 반려동물 시장의 규모는 약 550억 달러[1]로 추산되었으며, 이를 한화로 계산하면 약 60조 규모라 할 수 있다. 이에 반하여 2013년 한국의 반려동물 시장규모는 1조 1천억 원[2] 규모로 추산되었다. 국토 면적, 인구, 반려동물 숫자와 같은 요소를 고려하지 않고 단순 시장규모로 모든 것을 판단할 수는 없지만, 그래

---

1   Pet Industry Market Size & Ownership Statistics
2   농림축산식품부, 이영대, 2016. 8, '반려동물 연관산업 분석 및 발전방향 연구'

도 반려동물 시장의 규모가 미국이 한국보다 약 60배 더 크다는 것을 확인할 수 있었다. 이번에는 반려동물과 수의사의 비율을 조사해 보기로 했다. 2013년 당시 한국에서 반려동물을 진료하는 수의사의 숫자는 3,666명[3]이었으며, 추산된 반려동물의 숫자는 5,556,207마리[4]로 나타났다. 미국의 경우 반려동물을 치료하는 수의사의 숫자는 53,087명[5]이었으며, 추산된 반려동물의 숫자는 약 1억4천만 마리[6]였다. 이를 통해서 수의사 1인당 담당하는 반려동물의 숫자를 계산하면 한국은 약 1,500마리, 미국은 약 2,700마리가 된다. 결론적으로 미국의 반려동물 수의사가 한국보다 약 1.8배나 많은 환자를 담당하는 것으로 생각할 수 있었다.

초임 수의사가 받는 연봉에 대해서도 당연히 궁금했었다. 내가 본과 1학년 당시인 2013년을 기준으로 했을 때 한국 수의대를 갓 졸업한 수의사의 평균월급은 세금을 제하기 전에 약 150만 원[7] 이었으며, 이를 연봉으로 계산하면 1,800만 원이었다. 미국의 경우에는 2014년을 기준으로 했을 때 수의사는 초봉으로 세금을 제하기 전 약 7만 불[8]을 받는 것으로 조사되었는데, 그때 당시 제일 낮은 환율인 1,012원으로 계산하면 어림잡아 못해도 7천만 원을 받는다고 생각할 수 있다. 똑같은 연도를 기준으로 비교하고, 각

---

3   대한수의사회, 2013년

4   농림수산검역검사본부의 '2012년 동물보호에 대한 국민의식 조사결과'

5   AVMA Market Research Statistics : U.S. Veterinarians 2012

6   US Pet Ownership & Demographics Sourcebook 2012

7   데일리벳 윤상준 기자, 2013. 7. 2, '임상수의사 초봉, 유사전문직 최하수준?'

8   Mike Dicks, 2014, 'Starting Salaries : A telltale for veterinary market performance'

국의 세금과 같은 요소를 비교해야 하겠지만, 그때 당시 내가 어림짐작만으로도 비교한 연봉 수준 차이는 너무 컸기 때문에 더 자세히 비교하고 싶은 생각도 들지 않았다. 도대체 한국의 수의대를 졸업한 수의사와 미국 수의대를 졸업한 수의사 간에 이렇게 큰 연봉 차이가 나는 이유는 무엇일까?

통계학이나 경제학에 대해서 문외한이던 내가 인터넷에서 클릭 몇 번으로 찾을 수 있는 자료를 비교해 봤을 때, 모든 지표가 미국 수의사를 향해 유리하게 향하고 있었다. 주관적 그리고 객관적 기준으로 미국에서 수의사를 하는 것이 낫겠다고 결론 내린 나는 미국 수의사가 되는 방법에 대하여 알아보기 시작했다.

한국 수의대를 졸업한 사람이 미국에서 수의사로 일하기 위해서는 ECFVG 또는 PAVE라는 프로그램을 통과해야 한다(부록 ECFVG vs PAVE 참고). 두 과정 모두 일정 수준의 영어 점수를 받아야 하며, 필기시험을 통과해야 한다. 그 후에 ECFVG는 미국에서 실시하는 3일 동안의 실기 시험을 통과하면 미국 수의사 면허증이 나오는 반면에, PAVE의 경우에는 미국 수의대의 본과 4학년 과정을 1년 동안 이수하면 미국 수의사 면허가 나오는 프로그램이다. 본과 4학년 과정은 로테이션 제도로 돌아가는데, 총 1년 동안 3주씩 돌아가면서 미국 수의대 동물병원에 있는 (개, 고양이 등) 소동물, 말, 농장 동물, 진단과 등을 거치는 과정이다. 두 가지 프로그램 모두 장단점이 있기 때문에 어느 것이 더 좋다고는 하기 힘들지만, 나는 미국 수의대 동물병원에서 미국 학생들과 똑같은 트레이닝을 받을 수 있는 PAVE 프로그램을 이수하기로 하고, 미국 수의사 면허 준비를 시작했다.

# 🖋️ 영어 시험 준비

일단 PAVE 프로그램을 하기 위해서는 영어 시험을 봐서 최저 요구 점수를 제출해야 했다. 영어 시험으로는 TOEFL 또는 IELTS를 준비하면 되는데, 읽기 듣기 쓰기 영역은 괜찮은데 생각보다 Speaking 영역 점수가 나에게는 꽤 높아 보였다. 그리하여 본과 1학년 겨울방학부터 방학 기간에는 항상 영어 학원에 등록해서 영어 공부부터 시작했다. 그리고 학교 영어 회화 동아리에도 가입해서 끊임없이 영어로 말하는 것에 익숙하도록 노력했다. 사실 TOEFL이나 IELTS는 영어 말하기 능력 외에도 '순발력'이 중요한 것 같다. IELTS의 Speaking 영역 시험을 보면, 예를 들어 '건강에 좋은 취미 활동에 대해 말해보세요.'라는 문제가 나오고, 그 내용에 대해 2분 정도 혼자서 계속 이야기를 해야 한다. 문제는 내가 전혀 생각해 보지도 않은 주제, 예를 들어 '젊은 층과 노년층이 각자 즐기는 음악스타일에 대해 말해 보세요.'라는 주제가 나오면 짧은 시간 안에 내 생각을 정리해서 영어로 말을 해야 하는 것이 생각처럼 쉽지는 않다. 한국어로 말할 때도 나는 말주변이 그렇게 좋지는 않은 편인데 생각지도 못한 주제를 가뜩이나 영어로 말하려니까 초반에는 횡설수설하기 일쑤였다. 하지만 차츰 공부할수록 '스토리'를 지어내서 '뻥'을 치는 기술이 생겼다. 내가 직접 경험해 보지는 않았더라도 들어 봤거나 TV에서 본 내용에 대해서 뻔뻔하리만큼 진짜처럼 얘기하는 스킬을 영어 시험 준비를 하면서 익힌 것 같다. 영어 시험을 준비하면서 생각지 못한 '말발'을 단련할 수 있었다. 역시 뭘 하든 간에 소통능력 또는 '말발'은 중요한 것 같다.

순발력이 부족하여 IELTS Speaking 점수를 받지 못해 재시험을 거치던 중, 마지막 시험에서 '가장 기억에 남는 여행지에 대해 말해보세요.' 라는 주제가 나왔다. 나는 단박에 '뉴욕'에 대해서 말하기로 하고, 내가 직접 했든 안 했든 스토리를 얘기하기 시작했다. 뉴욕에서 직접 가 봤던 Central Park와 여러 곳의 박물관, 먹었던 음식 그리고 직접 해 보지는 않았지만, TV 여행 프로그램에서 봤던 내용을 덧붙여서 최대한 또박또박 막힘없이 말을 했다. IELTS는 시험관이 내 앞에 앉아서 답변을 듣는데, 그날은 마침 인상 좋은 시험관이 리액션도 잘해 주어서 말하는 맛이 났다. 그렇게 혼자서 약 2분여를 떠들고 나서 시험관은 내가 얘기했던 내용에 대해서 하나하나 추가 질문을 하기 시작했다. 추가 질문들도 별로 어렵지 않게 대답을 하고, 시험점수를 초조하게 기다렸다. 영어 시험을 한 번 치르는데 꽤 많은 돈이 들었기 때문에 제발 이번에는 통과할 수 있기를 바라면서 하루하루 기다렸다. 우편으로 영어 시험 점수가 왔고, 몇 번의 재도전 끝에 마침내 통과 점수를 받았다! 이제는 다음 과정인 '필기 시험'으로 넘어갈 차례였다.

# 🖋 미국 수의사 동문회 연수 프로그램

미국 수의사 면허를 준비하던 중 알게 된 사실 한가지는(현재는 폐지되었지만) 매년 2명의 본과 3학년 학생이 선발 과정을 거쳐서 미국 수의사 동문회 초청으로 미국을 방문할 수 있다는 것이었다. 미국에서 현재 활동하시는 수의사 선배님들의 도움을 받아서 직접 현지의 동물병원을 약 1달간 경험해 보는 아주 유익한 프로그램이었다. 사실 미국 수의사 면허를 준비하면서도 실제로 미국 동물병원에는 가 본 적이 없어서 내 목표를 좀 더 확실히 하려면 무조건 이 연수 프로그램을 가봐야 할 것 같았다.

연수 프로그램은 본과 3학년 여름 방학(8월)에 실시 되었는데, 5월쯤 되자 학교 게시판에 연수프로그램에 대한 공고가 나왔다. 자기소개서를 제출하고 영어로 인터뷰를 통해서 연수 프로그램 학생을 선발한다는 내용이었다. 문제는 2명의 학생을 초청하기 때문에 만약 나 혼자서만 지원해서는 연수 프로그램을 갈 수가 없었다. 다른 한 명의 멤버를 구해야 했다. 솔직히 나와 같이 다니던 동급생 중에 미국 수의사를 꿈꾸는 사람은 없는 것 같았기 때문에 나는 내 주위에 친하게 지내던 사람들을 같이 가자고 설득해야 했다. 그러던 중 내 뒤에 앉아 있던 (사실 이때는 그렇게 친하진 않았던) 주형이 형이 미국 수의사에 관해 관심을 보이기 시작했고, 나는 미국 수의사의 전망과 함께 프로그램이 끝나고 미국 여행도 할 좋은 기회라면서 포섭을 했다. 다행히 형도 같이 가자는데 동의를 했고, 교수님 인터뷰를 통해서 우리는 2015년 8월에 1달간 연수를 같이 갈 수 있게 되었다. 기다리고 기다리던 본과 3학년의 여름방학이 왔고 나와 주형이 형은 LA로 향하는 비행기에 몸을 실었다. 미국에서의 한인 수의사의 삶은 어떨지, 동물병원은 어떻게 운영되는지 그리고 미국 수의사를 진로로 삼는 것이 그만한 의미가 있을지 잠시나마 느껴볼 수 있다는 설렘에 들떠 있었다.

총 1달간 우리는 3개의 서로 다른 형태의 일반 동물병원에서 실습하며, 주말에는 선배님들이 즐기시는 취미 활동과 더불어 모임에도 참석하면서 미국에서의 삶을 경험했다. 미국에서 느낀 한국의 동물병원과 가장 큰 차이점은 진료에서의 테크니션(=동물간호사)의 비중이 매우 크다는 것이었다. 한국은 테크니션이라 하더라도 동물의 보정 이외에 주사를 놓거나 하는 침습적인 활동은 제한되어 있다. 하지만 미국은 수의사가 진단을 내린 후 처치 계획을 테크니션에게 주면, 테크니션이 주사 놓기, 채혈하기, 이빨 스케일링 등 실질적인 처치를 하는 시스템이었다. 즉, 수의사의 영역인 진단, 수술, 처방 외에 모든 것들은 테크니션의 손을 통해서 이루어졌다. 이러한 시스템을 통해서 제한된 시간 안에 수의사들은 더 많은 환자를 볼 수 있으며 시간을 더 효율적으로 쓸 수 있었다. 수술하는 경우에도 테크니션들이 환자를 이발, 마취, 삽관까지 해서 테이블에 눕혀 놓으면 수의사는 수술복을 입고 바로 수술을 시작하면 되었다. 한국에서는 이 모든 것들이 수의사들이 하는 일이었기 때문에 내가 보기에는 매우 신기했다.

이외에도 진료가 이루어지는 시스템도 매우 신기했다. 한국에서는 수의사가 처음부터 환자를 마주하고 보호자와 상담을 한 후 처치까지 하는 시스템이지만, 미국 동물병원에서 처음 환자를 맞이하는 것은 테크니션들이었다. 진료실에 들어가면 보호자가 테크니션에게 어떤 증상으로 내원했는지를 설명을 하면, 테크니션이 그것을 받아적고 간단한 환자의 신체검사 후에 수의사에게 와서 짧게 브리핑을 해 주었다. 그러면 수의사가 진료실에 들어가서 보호자에게 더 심도 있는 질문을 하며 환자 신체검사를 한 후, 보호자와 치료 플랜을 논의한다. 그리고 수의사는 진료실에서 나와서 테크니션에게 진단 및 처치 항목을 얘기하면 테크니션은 대략적인 항목별 가격표를 만들어서 진료실에 들어가 보호자에게 진단 및 처치에 대한 사인을 받아야 한다. 보호자 중에는 수의사가 제시한 모든 진단·처치에 대해서 값을 지불하는 사람이 있고, 어떤 보호자는 그중에 최소로 필요한 것에 대해서만 값을 지불하는 사람이 있다. 어쨌든 보호자가 치료계획서 항목에 사인하고 난 후에야 환자에 대한 진단 및 처치가 시작된다. 이 당시 내 경험으로는 한국 동물병원에서는 수의사가 하자는 대로 진단·처치가 이루어지고(그 전에 물어보지 않는 한), 마지막에 계산할 때가 되어서야 보호자는 결제해야 하는 금액을 알 수 있었기 때문에 본과 3학년의 나에게는 신기한 시스템이었다. 이 당시에 연수하면서 수의사들과 함께 진료실에 들어가서 참관을 했는데, 미국 보호자들은 정말 신기할 정도로 돈에 대해서 솔직했다. 자신의 반려동물을 사랑하지만, 치료비가 부담되는 경우에 보호자들은 수의사에게 가장 적은 돈으로 자신의 반려동물을 도우려면 어떻게 해야 하는지 조언을 구했다. 그러면 수의사도 제한된 예산 내에서 어떤 치료가 최선인지 보호자와 의논을 했다. 뭔가 자본주의의 끝판왕인 나라라 그런지 돈이 있으면 있는 대로, 없으면 없는 대로 솔직하게 치료비에 대해서 의논을 하는 모습이 신기했다. 단, 구체적인 액수에 대해서는 수의사가 아닌 테크니션이 가격표를 들고 들어가서 보호자로부터 결재를 받았다. 수의사는 단지 최대 또는 최소의 옵션을 제공하는 역할만 맡는 것이다.

연수 동안 동물병원에서만 시간을 보낸 것은 아니었다. 일하는 시간만큼이나 그 외 '삶'도 중요하기 때문에 선배 수의사님들이 어떻게 사는지도 잠깐씩 경험하는 시간을 가졌다. 선배님이 주최하는 하우스 파티에도 가보고, 단체로 산악자전거를 타러 가보기도 하고, 어떤 날은 파라솔과 의자만 들고 캘리포니아의 해변에 가서 여유를 즐기기도 했다. 사실 지금에 와서는 선배님들이 사시던 동네와 생활 양식이 미국 내에서도 돈을 '많이' 벌어야 가능하다는 것을 깨달았지만, 그 당시만 해도 나는 미국에 사는 사람들이 '대부분' 그렇게 사는 것으로 알았다. 어쨌거나 나는 그 당시에 봤던(한국보다는) 물적으로, 시간적으로, 정신적으로 여유롭게 사는 선배님들의 모습이 미국 수의사를 준비하는데 더욱더 큰 원동력이 되었던 것 같다. 지금은 돈 벌기 힘든 것은 어디나 마찬가지구나라는 것을 깨닫고 있지만….

# 미국 수의사 과정 필기시험 준비하기

최종적으로 미국 수의사를 하기 위해서는 여러 개의 시험을 봐야 한다. 앞서 나는 PAVE라는 프로그램을 통해 미국 수의사 면허를 준비했다고 했는데, 이 PAVE 과정을 진행하기 위해서는 기본 수의학 필기시험(QSE)을 통과해야 한다. QSE를 통과한 후에는 미국 수의사 국가고시인 NAVLE를 봐야 하며, 그 이후에는 주별로 시행하는 주 면허시험을 또 봐서 합격해야 최종적으로 수의사로 일할 수 있다. 어쨌든 첫 관문인 QSE 필기시험은 기초 수의학 과목인 생리, 해부, 병리, 역학, 독성학 등 다방면에 대한 객관식 문제를 풀어서 일정 점수 이상을 받아야 통과할 수 있는 과정이다. 사실 이 시험을 준비하는 과정은 그리 복잡하지는 않다. 기출 또는 예상 문제를 제공하는 사이트(Zuku 또는 Vetprep)에 있는 영역별 예상 및 기출문제를 계속 풀면서 어떤 방향으로 문제가 나오는지 공부하는 것이다. 해부와 생리 같은 정말 기초 과목은 한국이나 미국이나 똑같아서 크게 어려울 것은 없었지만, 가장 생소했던 쪽은 '말'과 '독성학'이었다.

한국에서 '말'은 경마 공원과 같은 곳이 아닌 이상 볼 일이 사실 별로 없다. 내가 다녔던 수의대에도 말만 따로 전문적으로 연구하시거나 치료하시는 교수님은 없었다. 따라서 수의대를 다니면서 말에 대해서 '실질'적으로 무언가를 배웠던 적은 한 번도 없다. 나는 승마를 잠깐 해 본 적은 있지만, 말이 어떤 질병에 걸리고 뭘 먹고 사는지 알지도 못했다. 그런데 미국 기출문제를 풀다 보니 말의 질병과 관리에 대한 문제가 정말 한가득이었다. 말에 관련된 해부학, 병리, 내과, 외과, 독성학 등 매우 많은 문제가 오로지 '말'에 대한 진단과 치료에 대해서 질문했다. 별로 경험해 보지 못한 말에 대한 문제를 푸는 것은 마치 책으로 운전을 배우는 것과 비슷했다. 실제로는 뭐가 어떻게 되는지 모르지만, 그냥 닥치는 대로 말에 대한 지식을 외우고 반복할 뿐이었다. 이후 오클라호마 수의대 동물병원 로테이션을 돌면서 책에서 공부했던 것들이 내가 생각했던 것과는 얼마나 다른지 깨달았지만, 그 당시에 내가 할 수 있었던 것은 글과 동영상을 통해서 말에 대해서 익히는 것이었다.

한국은 대부분 반려동물이 실내 생활을 하고, 소와 돼지는 우리에서 사료를 먹여 키우기 때문에 딱히 뭘 잘못 먹어서 문제가 될 일은 그렇게 많지 않다. 하지만 미국은 반려동물들도 밖에서 많이 생활하고, 말 또는 소를 키우는 환경 자체가 한국과는 완전 다르다. 반려동물의 경우에는 밖에서 놀다가 쥐약을 먹기도 하고, 차고에 있던 신장 독성이 있는 부동액을 먹기도 하고, 고양이들은 집안과 외부를 마음대로 왔다 갔다 하다가 병에 걸리기도 한다. 한국에서는 일어나지 않을 일들이 실외 생활을 많이 하는 미국의 반려동물들에게는 중요한 질병으로 이어질 수 있는 것이다. 대동물의 경우, 미국은 너른 들판에 말이나 소를 풀어서 키우기 때문에 들판에 있는 독성이 있는 풀을 먹고 동물들이 탈이 나는 경우가 매우 많은 것이다. 그래서 기출문제를 풀다 보면 뜬금없이 어떤 풀의 사진이 나오고, 그 풀을 먹었을 때 어떤 증상이 있는지 그리고 치료는 무엇인지 묻는 문제가 매우 많았다. 생전 그런 풀은 본 적도 없고, 그 풀이 그 풀처럼 생겨서 끝까지 나를 괴롭히던 것들이 이 독성 문제들이었다.

시험은 다행히도 한국에서 볼 수 있었고, 걱정과는 달리 QSE 결과도 좋게 나와서 미국 수의사의 다음 단계로 넘어갈 수 있었다. 이제부터는 한국에서 수의대 졸업 이후에 1년간 실습을 할 미국 수의대를 지원할 수 있는 자격이 생긴 것이다. 1년간 미국의 본과 4학년 과정에 등록하여 해당 동물병원의 다양한 과를 모두 이수해야 미국 수의사 면허를 받을 수 있다.

# ✒ 미국 수의대 지원, 그리고 고민

미국은 총 50개의 주가 있는데, 미국 전역에 있는 수의대 수는 고작 30여 개 정도이다. 따라서 미국에서 수의대를 가기란 하늘의 별 따기라는 소리가 있다. 학부 4년을 졸업하고 나서, 수의 전문대학원을 4년 더 다녀야 비로소 수의사가 될 수 있다. 이렇게 수의대가 적은 만큼, 한 해 배출되는 수의사도 미국 전역으로 보면 매우 적은 편이다. 그래서 부족한 수의사를 보충하기 위해서 미국은 PAVE와 같은 외국인을 위한 수의사 프로그램을 운영한다. 과거에는 외국인 수의사가 1년간의 연수를 할 수 있는 수의대가 비교적 다양했다. 하지만 프로그램 운영에 드는 학교 측의 번거로움, 외국인 수의사가 미국 수의대에 끼친 피해(?) 등의 이유로 인해 하나둘씩 프로그램을 운영하는 수의대 수는 줄어들었고, 현재 실질적으로 외국인 수의사를 위해 비자를 발급해 주고 동물병원의 로테이션을 허용하는 학교는 미국 전역에 서너 개 남짓이다.

그래도 혹시나 모르는 것이기 때문에 나는 미국에 있는 거의 모든 수의대의 입학 담당 부서로 PAVE 로테이션 지원서를 제출하였다. 4개 학교에서 연락이 왔고, 구체적인 시기와 비용, 제출 서류를 조율하는데 많은 시간을 소비했다.

그러나 학교 지원보다 더 신경 쓰였던 것은, 당시 치러진 미국 대통령 선거였다. 민주당의 힐러리와 공화당의 트럼프가 대통령 후보로 출마하여 각축을 벌였고, 모두의 예상을 깨고 트럼프가 대통령으로 당선되었다. 이민 정책에 대해서 보수적인 태도를 표명했던 트럼프가 대통령으로 당선된 것은, 이제 막 미국을 가기 위해 준비를 시작한 나에게는 좋지 않은 소식이었다. 이제까지 내가 생각했던 미국은 이민자의 나라, 누구나 노력하고 능력이 있으면 기회가 주어지는 나라였다. 하지만 미국인들의 선택은 '미국 우선주의 정책'을 공약으로 한 트럼프로 향했다. 다양한 언론 매체에서 앞으로의 미국은 이민자에 대해서 호의적이지 않을 것이라는 뉴스를 쏟아 냈고, 대놓고 인종차별적인 구호를 앞세운 집회가 미국 내에서 이러한 분위기를 틈타 일어나기 시작했다. 캘리포니아는 트럼프 당선에 반대하여 미국 연방에서 탈퇴하려는 움직임까지 일어나는, 그야말로 혼돈의 미국이 갑자기 내 앞에 나타난 것이다.

지금까지는 그냥 한국 내에서 시험을 치르고 하느라 솔직히 미국으로 가는 것에 대해서 엄청 심각하게 생각하지는 않았지만, 이제는 졸업이 얼마 안 남은 시점이라 진짜로 미국을 갈지 결정을 내려야 하는 때가 온 것이다. 더군다나 비용적인 측면에서도, 지금까지 프로그램에 등록하고 시험을 치르는 데 소모한 돈은 앞으로 미국 수의대에 등록하여 로테이션을 도는 것에 비하면 새 발의 피였다. 아깝기는 하지만 이때까지 해 왔던 것을 물리고 다른 길을 찾는 것도 이때가 아니면 할 수 없는 선택이었다. 미국으로 넘어가는 순간 더는 뒤로 돌아가기는 불가능하기 때문이다.

내가 진짜로 원하는 것이 무엇이고, 왜 미국 수의사가 되고 싶은지 잠시 멈춰서 생각해 봤다. 미국 연수에서 봤던 선배 수의사들의 경제적 여유? 경제적으로 여유로운 것은 한국에서 수의사로 활동해도 달성할 수 있으며, 미국에 있는 수의사들도 내가 못 봐서 그렇지 궁핍한 사람도 많을 것이다. 그냥 막연한 아메리칸 드림? 지금 시대에는 어느 나라를 가나 솔직히 베이비붐 세대처럼 일확천금을 얻기는 힘든 시대이고, 굳이 미국에 가서 이민자로서 힘들게 살 필요도 없었다.

내가 예전부터 미국 수의사를 꿈꿨던 이유 중에 하나는 미국에 가서 전문 수의사가 되기 위한 트레이닝을 받고 싶었던 것이 가장 컸다. 비록 1년간의 미국 수의대 동물병원 로테이션이지만, 과연 미국 수의대 본과 4학년 수의대생들은 어떻게 수의학을 공부하고 트레이닝을 받는지 너무나 궁금했다. 그 이면에는 한국 수의대를 다니면서 충족하지 못한 수의사로서의 열등감이 자리 잡고 있었다고 할 수도 있다. 한국의 본과 4학년을 졸업하고 국가고시를 통과하면 나는 이제 수의사일 텐데, 그 당시에 나는 소동물 수의사로서 어떠한 준비도 되어 있지 않은 느낌이 들었다. 주위에서 고양이나 강아지 질병에 관해서 물어보면 자신 있게 대답할 수 있는 것이 없었고, 한국 수의사 국가고시를 준비하면서 공부한 내용은 도대체 이게 무슨 의미가 있는지 모르는 것들도 많았다. 수의사면 기본적으로 할 수 있는 처치, 수술도 하나도 할 줄 모르는, 그냥 등 떠밀리듯이 졸업을 앞둔, 수의사가 아닌 '수의대 졸업생' 같은 느낌이 들었다.

내가 직접 보고 들은 바로는, 미국의 수의대 본과 4학년은 거창하지는 않지만 '기본'은 갖춘 수의사를 배출한다는 것이었다. 중성화 수술과 같은 기본 기술을 병원 로테이션 동안 배우며, 직접 본과 4학년 학생이 보호자 상담, 진단, 처치도 한다는 것이었다. 거기에 더해서 수의대 졸업 이후에 한국의 의대처럼 인턴과 레지던트를 거쳐서 수의 전문의로도 성장할 수 있는 기반이 갖추어져 있었다. 뭔가 수의사를 트레이닝할 수 있는 기반 시설과 노하우를 미국에 가서 느껴 보고 싶었다. 이 당시에는 미국 수의사 국가고시도 함께 준비하고 있던 때였는데, 미국 수의사 국가고시는 케이스 시나리오에 기반을 둔 문제로, '실전'에서 쓰이는 진단과 치료에 관해서 묻고 있었다. 단편적이고 획일적인 한국 수의사 국가고시에 대해 의문을 품고 있던 차에, 미국 수의사 국가고시의 '실전'에 기반을 둔 문제들은 미국의 수의대가 어떤 것에 중점을 두고 수의대생들을 교육하는지 엿볼 수 있는 부분이었다.

앞으로 미국의 상황이 어떻게 돌아갈지는 모르겠지만, 적어도 내가 생각했던 것을 이루려면 미국 수의대 1년 연수를 하는 것이 맞겠다는 생각이 들었다. 마침 이때 운이 좋게도 오클라호마 수의대에서 프로그램을 시작할 수 있다는 연락을 받았고, 2018년 6월부터 1년간의 로테이션을 이수하기로 했다. 그리하여 2017년 5월 말 미국 한가운데에 있는, 가끔 토네이도가 온다는 것만 알고 있던, 오클라호마로 출발하게 되었다. 인천공항에서 Texas Dallas를 경유하여 Oklahoma City로 가는 비행기 표를 든 내 손은 알 수 없는 미지의 세계로 간다는 불안함과 흥분에 미세하게 떨리고 있었다.

## 2

# 오클라호마 동물병원
# 로테이션

# 🖋 말 로테이션

## ∴ 말 외과

　오클라호마 수의대 본과 4학년 과정은 말, 농장 동물, 소동물, 마취과, 진단과를(각 과 안에 또 세분화된 과들이 있다.) 각각 3주씩 총 48주 동안 돌게 되어 있다. 외국인 수의사 코스이긴 했지만, 나도 오클라호마 수의대 본과 4학년 학생들과 똑같은 일을 하고 똑같은 기준으로 평가를 받았다. 각 로테이션 담당 교수는 3주 동안 학생들을 평가하며, 능력이 미흡하다고 판단될 시에는 불합격을 주어서 다시 로테이션을 돌아야 한다.

Figure 1. Oklahoma State University Student Union

Figure 2. 오클라호마의 상징 카우보이모자

코스를 들어가서 처음 돌게 된 과는 'Equine Surgery (말 외과)'였다. 한국 수의대에서는 사실 말을 다룰 일이 거의 없다. 학교 교수님 중에서도 말만 따로 진료하는 교수님은 없으시다(예전에 잠깐 계시다 나가셨다.). 그래서 말에 대해서는 시험 준비할 때 이론으로만 공부했지 실제로는 아는 것 하나 없이 로테이션을 시작하게 되었는데…

Figure 3. 대동물 병원 리셉션 입구

미국 수의학에서 말의 비중은 정말 크다. 말 산업이 엄청나게 크고, 자기 집에서 말을 키우는 사람들이 많으니, 그에 따라 말 수의사도 많다. 오클라호마 수의대만 해도 말 내과·외과 교수만 4명이 있고, 다른 진단과 교수들도 말에 대한 해박한 지식을 갖고 있다. 같이 로테이션을 돌던 수의대생들 중에도 본인 집에서 자기 말을 가진 친구들이 많았다. 그만큼 말을 다루는 데 익숙하고 아는 것도 많았다.

Figure 4. 말 동물병원 입구

Figure 5. 말 운반용 자동차 캐리어

미국 수의대 본과 4학년 로테이션은 '책임 담당제도'로 운영이 되는데, 본과 4학년 수의대생들은 학교병원 예약현황 사이트에서 전날에 본인이 담당하고 싶은 케이스에 사인한다. 그러면 그 환자가 병원에 들어와서 나갈 때까지 모든 것에 대해 보살펴야 하는 '책임'을 맡게 된다. 외래 환자들은 그날 들어와서 그날 집에 가지만, 입원하게 되는 환자들은 주중이건 주말이건 담당 수의대생이 아침(오전 7시), 저녁(오후 7시)으로 본인이 담당하는 입원 환자에 대한 신체검사, 밥 주기, 약주기 및 처치를 해야 한다. 그래서 다들 내심 본인 입원환자가 금요일에는 집에 가기를 희망했다.

나는 한국에서 승마를 잠깐 해 본 적은 있지만, 말을 치료해 본 적은 한 번도 없었다. 승마할 때 가끔 말들이 놀라서 태우고 있던 사람을 떨어뜨리는 걸 봤는데, 병원 레지던트가 첫날부터 나에게 말 주사를 놓으라고 시켜서 적잖이 무서웠다(사실 그 레지던트도 그때 즈음에 말 앞발에 맞아서 코뼈가 부러져 있었다.). 덩치는 산 만하면서도 성격은 고양이처럼 예민한 말에게 다가가서 처치하는 것은 나에게는 꽤 무서운 일이었다. 예를 들어, 동물은 체온을 잴 때 항문에다 체온계를 꽂아서 재는데, 말 항문에 체온계를 꽂고 있다가 말의 뒷발이 내 쪽으로 올 때마다 심장이 덜컥 내려앉았다. 다행히도 미국 레지던트와 수의대생들은 말에 대해 하나도 모르는 나를 데리고 다니면서 많은 것을 알려주고 가르쳐 주었고, 나도 내가 맡은 바 책임을 완수하기 위하여 말에 대해서 벼락치기식으로 공부하였다. 시간이 지나고 지식이 늘고 처치들이 손에 조금 익으니 말에 대해 갖고 있던 공포심은 조금씩 없어졌다.

Figure 6. 말 입원 병동

말에게 먹이를 주거나 처치를 하기 위해서는
말 우리 안에 들어가야 했는데, 안에 들어가서
문을 닫은 뒤 바깥에 있는 잠금장치를 거는 건
각자 선택에 맡겨졌다. 나는 겁이 많아서 무슨
일이 생기면 바로 우리 밖으로 도망갈 수 있도
록 문은 닫되, 잠금장치는 절대 걸지 않았다.

Figure 7. 입원 중인 말

말들이 입원해 있는 마구간은 축구장 정도 크기
에 지붕과 벽이 있는 실내 구조였다. 사료를 보관하는 큰 방이 따로 있어
서 돌돌이 수레를 끌고 사료를 담아서 말 입원 방 사료통에 넣어주는 것
이 일과의 시작이었다.

말 외과 로테이션이 끝나갈 무렵, 치아 문제 때문에 입원하게 된 Stallion을 담당하게 되었다(Stallion은 거세하지 않은 수말을 지칭하며 성질이 온순하지 않을 가능성이 크다.). Stallion은 입원 방 앞에 'Stallion!'이라는 푯말을 달아서 조금은 더 조심해서 접근하도록 했는데, 다행히도 내가 맡은 수말은 고집은 좀 있었지만 그리 다루기 어렵지는 않아서 입원한 동안 치료를 잘 받았다.

그렇게 내 담당 Stallion의 입원 마지막 날 아침 돌돌이 수레에 싣고 온 사료를 꺼내서 우리 안으로 들어간 후, 문을 닫고 벽에 설치된 사료통에 사료를 담고 있었다. 며칠 봐서 그런지 이놈도 나를 전보다는 살갑게 대했다. 말은 생각보다 똑똑하고, 반려동물로 분류(기준에 따라 다르긴 하지만 반려동물로도 분류된다.)되는 만큼 사람과 감정을 교류할 줄 아는 영리한 동물이다.

그런데 아뿔싸, 내가 사료통에 사료를 담고 있는 사이에 이놈이 닫혀 있던 문을 얼굴로 '툭' 치더니 문이 열리고 말았다. 그놈은 문을 얼굴로 치는 순간 나와 눈이 마주쳤는데 나를 주시하면서 흡사,

'내가 이걸 모를 줄 알았지, 바보야?'라고 하는 것 같았다.

그리고는 유유히 열린 문틈 사이로 빠져나갔다. 이놈은 혈기왕성한 수말이기 때문에 다른 말들과 최대한 격리하기 위해 복도 제일 끝 방을 썼는데, 치료를 위해 며칠 갇혀 있던 이놈은 복도를 따라 거침없이 질주해 나가기 시작했다. 입원 상태로 있었기 때문에 고삐도 채워지지 않은 상태였다. 복도를 내달리는 그놈을 뒤쫓아 가면서 고함치며

"야 일로 안 와 이 자식아!"라는 말이 저절로 나왔다.


고삐가 없는 상태로 풀어진 수말은 자칫하면 다른 말들에게 상해를 입히거나(암말에 올라탄다든지), 더 최악의 경우에는 아무것도 모르고 마구간에 있던 다른 사람을 다치게 할 위험이 있었다.

복도를 뛰어가면서 나는 속으로 '이렇게 한국행 짐을 싸야 하는구나.'라는 생각이 스쳐 지나갔다. 잘못해서 고소라도 당하면 한국으로 가지 못할 수도 있겠다는 생각도 떠오르고….

그런데 아주 다행히(?)도 복도 제일 앞 입원실에는 예쁜 암말이 입원해 있었다. 수말은 복도를 내달리다가 암말의 입원실 앞에 암말과 얼굴을 마주하며 잠시 멈춰 섰다.

일단 나는 다른 사람의 도움이 절실했으므로

"Somebody help me~! Please~!"

라고 마치 '버추어캅'이라는 컴퓨터 게임에 나오는 인질이 외치듯이 적당히 크게(말이 놀랄 수 있으므로) 외쳤다. 그 와중에 Please도 붙였던 것 같다. 다행히도 마구간 저쪽에서 약을 짓고 있던 레지던트가 내 외침을 듣고 다가왔다.

말의 고삐는 굵은 줄로 되어 있는데, 말에게 씌우기 전에는 평면으로 눌린 상태여서 당황한 나에게는 어디가 위고 아래인지 분간이 힘들었다. 레지던트는 침착하게 나에게서 고삐를 건네받은 후 긴급하게 고삐를 맬 때 어떻게 해야 하는지 설명하면서 수말에게 고삐를 맸다. 여기 와서 느끼는 거지만 미국 레지던트들은 흡사 로봇처럼 모든 Procedure를 진행할 때마다 학부생에게 자세히 설명해 준다. 마치 대사를 외우고 있는 듯이(하도 반복하다 보니까 외우고 있는 것 같다.).

그렇게 수말은 암말과 잠깐의 만남을 즐긴 후, 다시 자기 우리로 돌아갔다(그 암말은 며칠 후 병이 악화해 죽었다.). 당황한 나에게 레지던트는 말 탈출은 가끔 있는 일이라며 걱정하지 말라고 쿨하게 말하고 자기 할 일을 하러 돌아갔다(나를 위로하기 위해 한 말일 수도?). 그렇게 수말은 나에게 잊을 수 없는 아침을 선사하고 오후에 주인의 품으로 돌아갔다.

### ∵ 망아지 보호소

한국에서는 말을 진료할 일이 없었던 상황이라 미국 수의대에 와서 초반기에 있던 Equine Rotation은 나에게는 꽤 큰 문화적 충격이었다.

Equine Rotation을 돌면 가끔 왕진 의뢰가 들어온다. 말을 여러 마리 데리고 있는 주인들이 학교 대동물 병원으로 말을 데리고 오기는 귀찮으니까 추가비용을 내고서 Equine Doctor를 자기 집으로 부르는 것이다. 나는 왕진 기회가 있을 때마다 꼭 쫓아갔는데, 미국 중남부 사람들이 어떤 집에 살며, 말을 어떤 환경에서 키우는지 너무 궁금했기 때문이다.

Figure 8. 왕진 나갈 때 타는 진료용 차

미리 계획하고 예약해야 걱정을 더는 내 성향 때문에 나는 학교 프로그램을 시작하기도 전에 학교 내 기숙사를 1년 계약해 버렸고, 그것은 내 학교생활 동안 조금 후회되는 부분이기도 했다. 교내 아파트는 그냥 저냥 나쁘지는 않았지만, 주위 입주자들이 대부분 중국인이어서 여기가 차이나타운인가 싶을 정도로 '미국' 생활을 알기에는 제약이 좀 있었다. 다른 곳은 어떨지 모르지만 내가 있던 곳은 On-campus house보다 Off-campus house가 같은 가격대에 더 좋은 시설과 생활을 영위할 수 있었다.

어쨌든 맨날 집-학교만 왔다 갔다 했던지라 나는 캠퍼스 밖의 생활이 궁금했고, 그래서 왕진이 있을 때마다 왕진 차를 타고 따라나섰다. 왕진을 가서 본 학교 밖 집들은 『워킹데드』에 나오는 집처럼 너른 초원에 집, 외양간이 홀로 있는 그런 모습이어서 나에게는 굉장히 신기했다. 왕진을 가면 주로 하는 게 백신 놓기, 말 이빨 스케일링, 간단한 응급처치 같은 것들이었다.

하루는 왕진 의뢰를 받은 곳이 '유기마 보호소'였다. 한국에서는 상상도 할 수 없겠지만, 미국에는 말도 유기한다. 말을 유지 관리하기 위해서는 꽤 많은 돈이 드는데, 늙고 병들면 치료하기가 싫어서 한적한 도로에다가 그냥 갖다 버린다는 것이다. 그렇게 유기된 말들을 구조해서 보호하는 곳이 '유기마 보호소'다. 오늘의 왕진 목적은 새로 들어온 망아지 2마리를 거세하는 것이었다.

Figure 9. 유기마 보호소

　학교 병원에서 Equine Rotation을 돌면서 느낀 것은, 어쩌면 다 큰 말보다 망아지 또는 조랑말 같은 놈들이 더 위험할 수 있다는 것이다. 왜 우리가 흔히 쓰는 말 중에 '고삐 풀린 망아지'라고 있지 않나? 마치 중2병에 걸린 청소년기처럼 망아지는 성인 남성보다 더 힘이 세면서도 훈련이 아직 덜 되어서 천방지축 날뛰기 일쑤였다.

　나는 로테이션 초창기에 Miniature Horse(조랑말 비슷한 애들)를 겁도 없이 맡은 적이 있었는데, 알고 보니 이놈들은 예민하고 성질이 드세기로 유명한 종이었다. 큰 말들은 대부분 길이 잘 들여져서 혈액을 뽑기 위해 바늘을 찔러도 눈 하나 꿈쩍 안 하지만, 이 조랑말들은 애완용으로 오냐오냐 키워서 그런지 모르겠지만, 바늘을 찌르자마자 앞발을 들고 난리를 치기 시작했다(결국, 나 대신 레지던트가 피를 뽑았다.). 나보다 먼저 로테이션을 시작한 타이완 출신 외국인 수의사는 망아지에게 뒷발로 차여서 갈비뼈가 부러지기도 했다.

(뭐 망아지에게 차이면 갈비뼈 부러지는 것으로 끝나지만, 성인 말에게 뒷발로 차이면 차라리 죽는 게 나을 수도 있다고 누가 그러기는 했다.)

어쨌든 보호소에 있는 2마리의 망아지를 거세하는 데 필요한 약물과 장비를 왕진 차에서 내렸다. 야외에서 거세할 때는 망아지를 주사약으로 마취를 시켜 등으로 눕힌 뒤에 최대한 빨리 음낭을 자르고 혈관을 지혈시키면 된다(참 쉽죠?).

야생동물 또는 통제가 쉽지 않은 동물(고양이…)을 마취할 때는 근육에다가 주사약을 재빨리 꽂아서 약물을 주입한다. 동물의 왕국을 보면 사육사들이 독침 쏘듯이 긴 막대에다가 주사기를 넣어서 쏘는 것도 근육이 많은 부위를 조준해서 쏘는 것이다.

Equine Surgery Rotation에 있던 레지던트 2명은 다 여자 수의사였는데 이날 우리를 데리고 간 닥터는 진짜로 『반지의 제왕』 레골라스랑 똑같이 생긴 날렵하게 생긴 분이었다. 눈은 마치 『왕좌의 게임』에 나오는 White Walker 대장처럼 눈부신 에메랄드빛이어서 얘기하려고 눈을 쳐다보면 조금 무서운 느낌도 들었다. 어쨌든 간에 레골라스 레지던트는 망아지의 고삐를 잡고 있었고, 나는 재빨리 목 쪽 근육이 많은 곳에다가 마취주사약을 놓으려고 했다. 마취약은 환자의 체중에 따라 적정량이 정해져 있는데, 보통 처음에는 권장양보다 적은 양을 써서 마취되나, 안 되나 본 다음 부족하면 더 주는 식으로 준다. 사람 엉덩이 주사 놓듯이 먼저 톡톡 말의 목을 두드린 다음, 주사약을 꽂아서 재빨리 약물을 주입하려 했다.

아니, 근데 주사기를 꽂자마자 갑자기 망아지가 "히이이잉~~~" 하더니 앞발을 들어 올려 휘젓기 시작했다. 나는 망아지 목 왼쪽에 있었는데, 갑자기 눈앞에 앞발이 왔다 갔다 하는 게 보였다.

'아냐, 여기서 이렇게 죽을 순 없어!'라는 생각과 함께 나는 즉시 몸을 망아지에서 먼 쪽으로 피했다.

망아지는 앞발을 휘젓더니 앞으로 내달리기 시작했다. 레골라스 레지던트는 무슨 생각이었는지 고삐에 달린 줄을 놓지 않고 오히려 당겨서 망아지를 제압하려 했지만, 맥없이 엎어져서 줄줄 딸려가다가 그제 서야 줄을 놓았다. 솔직히 그러면 안 되는데 레지던트가 망아지한테 질질 딸려가는 게 코미디 한 장면 같아서 나오려는 웃음을 참느라 죽는 줄 알았다(다른 학생들도 나중에 엄청 웃었다고 하더라.).

흙먼지로 주위는 뿌옇게 되었고, 레지던트는 상체와 하체에 흙을 뒤집어쓴 채 엎어져 있었다. 옆에 있던 다른 학생들이 레지던트를 일으키려고 다가갔지만, 레지던트는 흙투성이가 된 상의와 찢어진 청바지를 툭툭 털고 스스로 일어나더니(팔목과 무릎이 까져서 피가 나고 있었다.),

"Damn fucking foal(foal=망아지)!! Give me more drugs!"라면서 마취제를 듬뿍 뽑았다.

보호소 주인이 바퀴 네 개 달린 스쿠터 같은 것으로 망아지를 쫓아가서야 조금 진정시키고 다시 데려올 수 있었다. 이번에는 얄짤없이 정용량 마취제를 레지던트가 직접 말의 목 근육에다 꽂아 주었다. 망아지는 또다시 도망갔지만, 얼마 가다가 풀썩 옆으로 누워서 잠이 들었고, 우리는 재빨리 유지 마취제를 주면서 중성화 수술을 했다. 다른 망아지 한 마리도 약간의 반항 끝에 중성화를 마쳤다.

수의학에서 중성화를 권장하는 이유는 건강 문제 등 여러 가지가 있지만, 가장 중요한 측면 중 하나가 '개체 수 조절'이다. 한국이나 미국이나 유기동물의 숫자가 증가하는 것은 정말 큰 사회문제이다. 유기 동물 보호소마다 새로 들어오는 숫자를 감당할 수가 없어서 곤욕을 치르고 있으며, 매년 유기동물을 관리하기 위해 막대한 예산이 들고 있다. 그래서 주인이 따로 새끼를 받고 싶어 하지 않는 이상 중성화를 통해 책임질 수 없는 생명이 생기는 것을 미리 방지하는 것이다. 인간의 관점에서 동물의 번식을 조절하기 위해 생식기를 떼는 것은 어쩌면 잔인한 짓이기는 하지만, 의도치 않은 임신으로 인해 새로 탄생한 생명을 무책임하게 유기하는 것보다는 현실적으로 선택할 수 있는 최선의 대안이라고 생각한다. 애완동물 한 마리를 입양하면 많은 노력, 시간, 돈이 든다는 것을 인지하고 새로운 가족을 맞이하기 전에 신중한 판단이 필요하다.

물론 사지 말고 입양하는 것도 유기동물을 줄이는 데 큰 도움이 된다.

# 🖋️ 마취과 로테이션

## ∵ 발작하는 말

수의학에서 마취는 정말 매우 매우 중요하다. 그도 그럴 것이 인간은 치료할 때, 예를 들어 상처 부위를 좀 꿰맨다고 하면 의사 선생님이

"좀 아파요~참으실 수 있으시죠?"

라고 하면 어린아이가 아닌 이상 아파도 가만히 잘 있다. 의사 선생님이 나를 치료하고 있다는 것을 아니까. 하지만 동물들은, 설령 내가 치료하기 위해서 주사 하나 놓으려 해도,

(만약 동물이 말을 할 수 있다면) "야 이 수의사 나쁜 놈아! 내 몸에 뭐 하는 거냐? 이거 놔라! 다 죽여버릴 거다!"

라고 발광을 하며 물거나(개), 할퀴거나(고양이), 발(말)로 찬다. 간단한 처치의 경우에는 물리적으로 잡고 하지만, 아픔이 동반되는 경우에는 국소 또는 수면마취를 활용한다.

하지만 수의학에서는 아픔이 동반되지 않는 경우에도 마취해야 하는 경우가 있다. CT나 MRI를 찍기 위해 일정 시간 동안 동물이 가만히 있

어야 할 때(그래서 가격도 훨씬 비싸다.), 혹은 로데오용 소 또는 야생동물과 같이 사람에게 위해를 가할 수 있는 경우에는 마취한 후 적절한 처치를 한다. 어쨌든 수의학에서 마취는 정말 없어서는 안 될 필수요소이며, 마취를 적절하게 할 줄 알아야 동물과 사람 모두가 안전할 수 있다. 하지만 모두가 알 듯이 과도한 마취약은 동물의 몸에 부담을 줄 수 있으며, 많은 종류의 마취약은 향정신성 의약품으로 분류되어 엄격한 통제하에 쓰이고 있어 사용하기 전에 신중한 판단이 필요하다.

Figure 10. 제왕절개를 위해 마취된 돼지

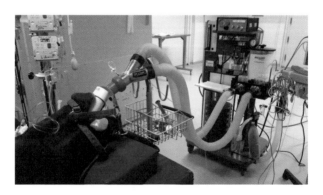

Figure 11. 호흡 마취 기계에 연결된 말

마취과에 있을 때는 개·고양이, 말, 소 등 병원에서 일어나는 모든 마취 케이스에 대해서 관여를 한다. 마취과를 돌고 있을 때, 말 외과로부터 인대 손상 수술에 대한 마취를 의뢰받은 적이 있다. 케이스를 의뢰받으면 마취과에서는 닥터와 담당 학생이 어떤 마취제를 얼마나 쓰고, 어떻게 회복을 시킬지 논의 후 마취를 진행한다.

수술 당일 말의 마취 과정은 순조롭게 이루어졌고 수술도 잘 끝났다. 이제 잠들어 있는 말을 잘 회복시켜 깨우기만 하면 일이 끝나는 평온한 날이었다. 평소에 아무리 온순한 동물이어도 회복 과정 중에는 마취에 취해서 공격적인 성향이 표출될 수 있어 훨씬 조심해야 해서 끝까지 긴장을 늦출 수는 없었다. 회복실은 말이 마취에서 깰 때 다치지 않도록 사방이 푹신한 매트로 이루어져 있는 아파트 거실 정도 되는 크기의 방이었는데, 수술실에서 회복실까지 옮길 때는 말을 엄청나게 큰 바퀴 달린 들것에 실어서 옮겨야 했다. 그렇게 회복실로 이동하고 있는 와중에…

말이 조금씩 움직이기 시작했다.

보통의 경우에는 회복실에 눕힐 때까지 미동도 없기 때문에 나와 동료들은 뭔가 이상하다는 것을 바로 느꼈다. 마취의 시작부터 회복까지 전 과정은 마취팀장이 전담하는데, 마취팀장도 말이 움직이는 것을 보고,

"Get the 'fucking' horse down on the recovery room, now!(당장 말을 회복실 바닥에 내려!)"

라고 소리를 질렀다.

(미국 수의대에서 로테이션을 도는 동안 누가 소리를 지르는 것은 이날 처음 봤다.)

8명이 달려들어서 조금씩 움직이는 말을 최대한 빨리 회복실에 눕히고, 마취팀장을 제외한 모든 사람은 회복실 밖으로 나갔다. 회복과정 중에 갑작스럽게 깬 말은 바닥에 옆으로 누운 채 발을 버둥거리고 목을 심하게 움직이면서 마치 발작을 하는 증세를 보였다. 집채만 한 말이 긴 다리를 허우적거리자 사방 2m 이내가 말 다리의 사정권이 되었다. 혹여나 돌덩이 같은 발굽에 스치기만 해도 골절상을 입을 수 있다. 갑작스러운 응급 상황에 나를 포함한 수의대생들은 머릿속에 아~무 생각도 안 떠오른 채 발이 그냥 땅바닥에 붙어서 뭘 어떻게 해야 할지 몰라 가만히 있었다.

(사실 그 상황에서는 참견하는 것보다는 가만히 있는 게 나을 수도 있지만.)

중학교 때 『나루토』라는 닌자 애니메이션을 즐겨 봤는데, 거기 보면 하급 닌자가 싸움터에서 단지 그 '상황'에 압도당해 발이 떨어지지 않는 장면이 있다. 마치 그 상황처럼 팀장급들은 분주히 프로토콜에 따른 응급 처치를 하기 위해 약을 뽑고 산소 호흡 장치를 연결하기 위해 뛰어다니는데 나와 다른 수의대생들은 그냥 몸이 움직이지 않았다.

머리가 하얘지고 아무 생각도 안 났다.

말이 발작을 일으키는 상황에서도 마취팀장은 말의 목을 확보하기 위해 필사적으로 목 쪽에 달라붙어 있었다. 말의 목에는 기도를 확보하고 있는 튜브와 혈액으로 주사제를 투입할 수 있는 카테터가 연결되어 있었기 때문이다.

(튜브가 기도에서 빠지면 말은 호흡을 못 해 죽을 수 있으며, 카테터는 응급 약물들을 혈액으로 투입하기 위한 일종의 긴 주삿바늘이다.)

말 외과 레지던트는 말을 진정시키기 위한 주사 마취제를 뽑기 위해 내 앞에 있던 응급카트로 뛰어 왔다. 응급카트는 향정신성 의약품들이 가득 들어있기 때문에 열쇠로 잠겨 있었다. 그런데 레지던트도 당황했는지 잠겨 있는 응급카트 서랍을 미친 듯이 열려고 힘으로 당기고 있었다. 당황한 레지던트는 갑자기 우리 쪽을 보면서 평소에는 그렇게 친절하고 착할 수 없던 사람이,

"Somebody go to the 'fucking' pharmacy and get the 'fucking' ketamine!(누가 당장 병원 내 약국에 가서 케타민을 가져와!)"

라고 소리를 질렀다. Pharmacy는 회복실에서 조금 떨어진 병원 내 약국이며 Ketamine은 말을 진정시키는 마취제이다. 나는 'fucking'이라는

말만 귀에 들어오고 뭐라고 소리 지르는지 잘 듣지 못했다. 그 상황에서 "Pardon?"이라 하면 죽일 것 같았기 때문에 다른 학생들과 그냥 최대한 가만히 있었다. 이래서 응급 CPR을 배울 때,

"거기 파란색 옷 입은 아저씨, 119에 전화해주세요!"라고 정확히 지목을 하나 보다.

말귀를 알아들은 옆에 있던 수의간호사가 마치 100m 달리기를 하듯이 약국으로 내달렸다. 다행히 그 순간 소란을 듣고 온 다른 마취팀 사람이 응급카트 키를 열고 마취제를 뽑아서 말에게 주입했다. 약을 주입하자 말은 발작을 일단 멈추었고, 우리는 말을 일으키기 위하여 말의 고삐와 꼬리를 각각 줄로 묶어 양쪽 도르래에 연결하여 일으켜 세우려 했다. 회복실 안에는 '상급 닌자'들인 팀장과 교수들만 들어가서 말이 일어설 수 있도록 벽 쪽으로 밀었다.

나머지 '하급 닌자'들은 회복실 밖에서 줄다리기하듯이 도르래에 연결된 줄을 당겼다. 마냥 줄을 당기기만 하면 말의 목이 꺾이기 때문에 적당히 보면서 말을 일으켰다. 하지만 중심을 잡지 못하는 말은, 그 육중한 몸을 술에 취한 듯 좌우로 비틀비틀하면서, 회복실을 휘젓고 다녔다. 말이 휘청거릴 때마다 상급 닌자들은 말을 피하기위해 알아서 각자 사각지대로 몸을 피했다. 행여나 휘청거리는 말이 넘어져 그 밑에 깔리거나 말에 밀려 회복실 벽 쪽에 몰렸다가는 중상을 입을 것 같았다(평균적인 성인

말은 무게가 500kg 정도 된다.).

상급 닌자들이 추가 수액을 연결하고 응급처치를 한 덕분에, 미친 것 같던 말은 제정신으로 돌아왔다. 그제야 상황을 수습하기 위해 왔던 말 내과, 외과 인력과 마취팀 상급 닌자들은 자기 업무로 복귀했다. 하급 닌자인 나로서는 그들이 참 대단해 보였으며, 휘청거리던 순간에도 말의 목에 있던 필수장치들을 사수하기 위해 붙어있던 마취팀장은 정말 용감해보였다. 그분은 쉰 정도 된 아줌마인데 평소에도 침착하기로 정평이 나있었다. 오늘에서야 그 진가를 다시 확인할 수 있었다.

새삼 경험과 Training이 얼마나 중요한지 느낄 수 있었다. 그 응급상황에서는 프로토콜을 읽어가면서 어떤 약물, 장비를 써야 하는지 하나씩확인할 겨를이 없었다. 그냥 몸이 기억하는 처치들을 당황하지 않고 동시다발적으로 해야 하는 것이다. 상황이 일단락된 후 하급 닌자들끼리는

"왜 우리한테 소리 지르고 그러는 거야."

라고 툴툴거리면서 집에 갔다.

## ∴ 통증의 관리

가끔 시간이 남으면 한국과 미국 수의학의 가장 큰 차이가 무엇일지 생각해 보는 때가 있다. 내가 느낀 바로는 소동물의 치료에서 '통증'과 '마취'에 대한 접근에서 미국이 치료는 물론 교육에서 매우 앞서 있다는 생

각이 든다.

동물은 말을 못하며 아픈 것을 숨기는 본능 때문에 아파도 아프다고 표현을 잘 하지 않는다. 사람은 아플 때 자기 어느 부위가 아픈지 의사에게 얘기하면, 의사는 진통제를 처방하든지 할 것이다. 아프다고 표현하는 사람에게 진통제를 처방하는 것은 '의사' 입장에서 그리 어려운 일이 아니다. 달라는 대로 주면 되니까. 하지만 동물을 치료하는 경우에는 수의사가 동물이 통증이 있다는 것을 '지식'적으로 알고 있지 않은 이상 '통증' 관리에 대해서 소홀할 수가 있다. 그렇다. 수의사는 동물이 아프다는 것을 표현하지 않아도 특정 상황 또는 질병이 '고통'을 유발한다는 것을 사전에 알아야 하며, 그에 따라서 진통제를 처방해야 한다. 수의사 입장에서는 동물이 고통을 잘 표현하지도 않고, 수의사 본인도 그 고통을 직접 느껴본 적이 없기 때문에 자칫 간과하기가 쉬운 것이 동물의 '통증'인 것이다.

일례로 '췌장염'에 대해서 생각해 보자. 췌장이란 소장 옆에 붙어 있는 기관으로서 소화 효소 또는 혈당 조절과 관련된 호르몬을 분비하는 기관이다. 개나 고양이의 경우 평소에는 안 먹던 지방함량이 높은 음식을 먹게 되면 이 췌장이란 기관에 염증이 생기는 데, 이것을 췌장염이라고 한다. 췌장염에 걸린 개는 구토를 주 증상으로 하여 탈수, 설사 증세를 보이며, 췌장에서 과도하게 분비되는 소화효소들로 인해 주위 기관들까지, 쉽게 말해 '소화'가 되어 버리는 심각한 상태까지 이를 수 있다. 췌장염의 심각도에 따라 다르긴 하지만 기본적인 치료 플랜은 탈수를 예방하기 위하여 충분한 수액을 주는 것을 바탕으로 하며, 나머지 구토 또는 설사에 대해 관리를 하는 Supportive Treatment(보조적 치료법)를 핵심으로 한다. 하지만 미국에서 내가 로테이션을 돌면서 '몇 번'이고 빼 먹은 부분이 있다.

그것은 바로 '통증'에 대한 관리이다. 췌장염에 걸린 개들은 기본적으로 신체검사를 할 때부터 복부가 매우 긴장되어 있다. 보통의 건강한 개들은 복부를 만져 보면 부드럽고 별로 단단하지가 않다. 하지만 췌장염과 같이 복부가 아픈 개들은 배에 힘을 아주 단단히 주고 있어서 만져 보면 부드럽지 않고 아주 단단한 것을 느낄 수 있다. 이렇듯 췌장염에 대한 치료 플랜에서 필수적인 요소는 바로 진통제를 통하여 복부의 통증을 경감시키는 것이다. 그래서 중환자실 로테이션을 돌 때에 췌장염에 걸린 개들에게는 강도가 높은 마약성 진통제를 하루에 몇 번씩 줘야 했다. 솔직히 말해서 췌장염은 소화기관과 관련된 질병이기 때문에 통증에 대한 부분을 누가 계속 강조하지 않는 이상, 눈에 직접 보이는 구토 또는 설사에 대한 치료에만 초점을 맞출 수가 있다. 미국에 와서야 닥터들이 학생들에게 진통제의 중요성을 계속해서 강조했기 때문에 비로소 내 머릿속에는 이전에는 없던 '통증'에 대한 개념이 들어서기 시작했다.

통증의 관리는 수면 마취를 할 때도 매우 중요하다. 마취의 기본은 최대한 다양한 방법으로 통증을 완화해 각각의 마취약의 용량을 줄이는 것이다. 예를 들어 강남에서 강북으로 가는 90대의 차들이 있다 치면 이 모든 차가 동작대교를 타고 넘어가는 방법보다는 30대는 한강대교, 30대는 동작대교, 그리고 나머지 30대는 반포대교를 넘어가는 방식으로 분산하는 것이 교통 체증을 유발하지 않는다고 비유할 수 있으려나.

선뜻 이해하기 힘든 개념이기 때문에 예를 들어서 다시 설명하면, 미국에서 키우는 큰 개들의 경우 신나게 뛰다가 갑자기 무릎을 못 쓰게 되는 경우가 있다. 이 경우 높은 확률로 뒷다리 무릎의 '전 십자인대 손상'인 경우가 많다. 왜 이동국 선수가 2006년 독일 월드컵 직전에 K리그 시합을 하다 무릎 부상으로 인해 월드컵 출전이 좌절됐던 적이 있지 않았나? 그 경우와 똑같이 주로 큰 개들이 신나게 놀다가 전 십자인대 손상이 발생하는 것은 미국에서 아주 흔한 정형외과적 케이스이다. 전 십자인대가 완전히 끊어진 경우에는 수술을 받아야 하는데, 뼈를 깎는 과정이 있어서 매우 심한 통증이 수술 중에 발생한다. 이러한 수술을 시행할 때 가스 마취제에만 의존한다면 예를 들어 10/10만큼의 기체 마취약을 쓴다고 치자. 통증을 못 느끼게 하려고 높은 농도의 가스마취제를 써야 하는 것이다. 하지만 수술 전에 강한 진통제도 주고 경막 외 마취도 쓴다면 환자는 수술 중에 다리로부터 오는 통증을 덜 느끼기 때문에 호흡 마취제의 양을 5/10로 줄일 수 있다. 여기서 말하는 경막 외 마취란 임산부가 출산할 때 통증을 경감시키기 위해 쓰는 부분 마취법과 같은 것으로써, 척수 주위 공간에 마취약을 주입하여 척수 뒷부분 전체를 마취시키는 방법이다. 모든 마취제는 나름의 부작용을 갖고 있어서 하나의 마취제에만 의존하게 되면 부작용을 초래하는 용량에 근접할 수가 있게 되지만, 통증 경감 루트를 다변화하면 각각에 사용되는 마취제의 양을 줄임으로써 더 안전한 마취가 가능한 것이다.

서울대 수의대 동물병원 마취과도 정형외과 환자 수술을 할 때 당연히 경막 외 마취를 한다. 하지만 마취과 대학원생들에게만 경막 외 마취를 할 기회가 주어졌기 때문에 내가 한국에 있을 때 직접 해 본 적은 한 번도 없다. 미국의 로테이션을 돌 때도 당연히 그런 줄 알았지만, 여기서는 본과 4학년 학생들에게 경막 외 마취를 시킨다. 내가 담당한 마취과 케이스 중에 전 십자인대 교정술이 필요한 환자가 있었는데, 마취과 아침 회의 시간에 경막 외 마취가 필요할 것 같다 했더니 교수가

"Would you like to do it yourself?(네가 직접 해 볼래?)"라고 묻는 것이 아닌가?

한국에서는 대학원생만 시켜주던 것을 나에게 기회를 준다니 당연히 "Okay!"라고 했다. 그래서 그다음 날 경막 외 마취를 하기 위해서 자료를 찾아서 부단히 읽고 시뮬레이션을 했다. 척수는 당연히 밖에서 그냥은 보이지 않기 때문에 특정한 뼈의 지형지물을 기준으로 하여 바늘을 삽입할 위치를 정하고, 그 후에는 바늘을 어느 깊이까지 삽입했는지 알 수 있어야 한다. 경막 외 마취를 직접 할 때는 마취과 교수가 옆에서 하나하나 과정을 설명해 주어서 생각보다는 어렵지 않게 할 수 있었다.

마취의 '심도'를 조절하는 것도 미국에서는 본과 4학년 학생들이 Supervisor 감독하에 직접 한다. 수술 중인 환자의 마취는 마취 기계에 그냥 연결해 놓는다고 해서 되는 것이 아니다. 항상 '적정' 수준의 마취 깊이가 유지되도록 끊임없이 눈동자 위치, 턱관절 세기와 같은 외형적

판단 기준과 함께 마취 모니터에 보이는 심박 수, 호흡수, 이산화탄소 분압(EtCO2), 혈압과 같은 신체 내부 사인을 종합하여 마취를 더 깊게 할지 더 얕게 할지 정해야 한다. 수면 마취 기계 레버에는 숫자가 쓰여있는데, 이 숫자는 마취 가스의 농도를 조절하는 역할을 한다. 마취를 더 깊게 하고 싶으면 더 높은 숫자로 레버를 돌리면 되고, 얕게 하고 싶으면 낮은 숫자로 돌리면 된다. 마취가 지나치게 깊으면 심장 또는 호흡을 억제하기 때문에 환자가 위험에 빠질 수 있으며, 마취가 너무 얕으면 통증을 느끼는 것과 함께 움직이기 시작하여 수술자가 수술을 제대로 할 수가 없으므로 적당한 수준을 항상 유지하고 있도록 마취담당자가 계속 수치들을 보면서 마취 가스를 조절해 주어야 한다.

한국에서 본과 4학년 마취과 로테이션을 돌 때는 마취과 대학원생들이 레버를 조작했기 때문에 학부생들은 그냥 구경만 했다. 마취 모니터의 각 수치가 뭘 의미하는지 그리고 정상수치의 범주가 뭔지도 알지 못했던 것 같다. 어차피 마취과 대학원생이 했기 때문에 수치를 외워도 금방 까먹어 버리고는 했다.

하지만 미국 마취과 로테이션은 다르다. 학생으로 하여금 주도적으로 마취 기계를 조작하도록 해서, 마취에 관한 지식이 없으면 로테이션 자체를 할 수가 없다. 내가 각각의 수치가 무엇을 의미하고 그 정상범주가 무엇인지 알지 못하면(Supervisor가 있기는 하지만) 내 담당 환자가 위험해질 수 있는 것이다. 그래서 마취과 로테이션을 시작하기 전부터 마취에 관한 공부를 아주 단단히 해야 했다. 수면 마취 가스의 종류, 각각의 시작 농도 및 유지 농도, 그리고 마취 모니터에 보이는 수치들의 의미와 범주를 외워야 했다. 이러한 것들을 숙지했더라도 첫날부터 잘할 수는 없었다. 다행히도 마취과 닥터들이 어떤 수치들을 우선으로 봐야 하는지, 어떤 타이밍에 가스 마취제를 높이고 낮춰야 하는지에 대한 설명을 잘해주었다. 마치 운전을 하듯이, 마취의 유지는 경험적으로 숙달해야 하는 그런 것과 비슷하다. 내 주도하에 마취를 조절하는 담당자가 되니까 수치들이 외워질 수밖에 없었다. 1주차 때는 좀 어리버리하다가 3주차가 되자 마취 가스 농도를 주도적으로 조작할 수 있게 되었고, 각각의 상황에서 추가로 필요한 약물과 같은 것에 대한 지식도 생기게 되었다.

로테이션을 도는 학생에게 마취 운영을 주도적으로 맡기는 것에는 학생에 대한 '믿음'이 전제되어 있어야 한다. 본과 4학년이면 곧 닥터들이 될 사람이고, 그러면 이제는 이론에 대해서 통달해 있으리라는 믿음 말이다. 실제로 미국 수의대 본과 4학년 학생들은 정말 이론적으로 아는 것이 많다. 반면에 한국에서 본과 4학년 당시 나에게 마취 운영을 맡기는 것은 내가 생각해도 미친 짓이다. 내가 뭘 알고 있어야 마취 운영을 할 것이 아닌가? 결국, 닭이 먼저냐 알이 먼저냐의 문제에 직면하게 된다. 학교가 학생을 믿으려면 학생들이 지식적으로 준비되어 있어야 하는데, 학생들은 자기가 직접 마취 운영을 할 일이 없으니까 외웠던 지식도 시험 끝나면 금방 까먹고 머릿속에 남는 게 없는 것이다.

운전을 책으로만 배우는 사람은 세상 어디에도 없다. 기본지식이 쌓이고 난 후에는 강사를 보조석에 태우고 학생이 직접 핸들을 잡고 처음에는 도로주행장만 운전하다가 조금씩 거리로 나가야 비로소 운전할 수 있게 되는 것이다. 이 과정에서 강사의 역할을 학교가 해 주어야 한다고 생각한다. 학생이 자동차를 몰다가 사고를 낼까 봐 학생은 뒷좌석에 태우고 강사 본인이 직접 운전을 하면, 그 학생들이 결국에는 수의사로 배출되어 강사 없이 운전하다 사고를 내게 될 수밖에 없다. 학생은 이론에 대해서는 충실하게 준비가 되어 있어야 하고, 학교의 강사들은 인내심을 가지고 학생들을 지도해서 최소한 '기본'은 갖춘 수의사를 배출할 수 있어야 한다고 생각한다. 이 과정에서 가장 필요한 것은 강사들의 '인내심'이다. 미국 로테이션을 돌 때 3주마다 햇병아리들이 들어오면 닥터들은 했던 말을 또 하고 또 하는 로봇이 될 수밖에 없다. 가끔은 교수나 닥터들이 화를 참는 게 눈에 보이기도 하지만, 절대로 언성을 높이거나 짜증을 내지는 않는다. 본인들이 환자를 치료하는 닥터임과 동시에 Teaching Hospital에서 일하는 '강사'라는 것을 자각하고 있기 때문이 아닐까 싶다.

# 🖋️ 농장 동물 로테이션

## ∴ Food Animal Rotation

전체 48주 로테이션 중에 3주는 'Food Animal Rotation'이라 해서 농장 동물만 집중적으로 다루는 과가 있다. 사실 본과 4학년 때도 '평창 캠퍼스'에 가서 1주일간 농장 동물 로테이션을 돌기는 했는데, 서울대 타 과 사람들은 평창캠퍼스라는 게 있는 줄도 모르는 사람들이 많을 것이 다. 수의대 학생들은 소수 인원으로 돌아가면서 1주씩 평창캠퍼스에 가 서 소에 관한 실습을 했다. 농장 동물 로테이션이라 하기엔 소에 관한 경험만 조금 익혔고 그마저도 시간, 인력과 장비 부족으로 제대로 된 트 레이닝은 받지 못했다. 단지 평창캠퍼스의 카페테리아 유리를 통해 보이 던 굽이굽이 이어져 있는 산 넘어 산들이 정말 아름다웠던 것만 기억이 난다.

미국 수의대의 농장 동물이라 하면 그 범위가 매우 넓은데, 소, 돼지, 염소, 라마, 알파카 따위의 동물들이 그 대상이다. 사실 소의 경우에는 주로 쇠고기를 얻기 위해 키우는 대규모 농장에서 오기 때문에 경제동 물로 취급하지만, 돼지, 염소, 라마 등의 동물은 애완동물인 경우가 많 았다. 경제동물과 애완동물의 차이는 지불하는 치료비의 차이로 이어진 다. 경제동물의 경우 동물의 가치보다 치료비가 비싸면 치료 대신 안락 사 또는 도축장으로 보내는 반면에 애완동물인 경우에는 치료비가 비싸더라도 끝까지 치료하는 경우가 많다. 따라서 잔인하기는 하지만 주인이 어떤 목적으로 농장 동물을 기르고 있는지에 따라 치료의 범위와 비용이 달라진다.

Figure 12. 농장 동물 진료소로 들어오는 소 운반용 트레일러

하지만 그렇다고 해서 소를 키우는 농장주들이 아픈 소들을 그냥 방치하지는 않는다. 우선 동물은 아프면 밥을 먹지 않기 때문에 살이 안 찌고 그러면 얻을 수 있는 고기가 줄어들기 때문에 주인들은 매일 자신의 농장에 아픈 소가 없는지 철저히 살핀다. 미국의 경우 소를 키우는 여러 가지 형태가 있지만, 내가 있던 곳의 경우에는 너른 초원에 소들을 풀어 놓고 키우는 경우가 많았다. 따라서 주인들은 그 초원을 돌아다니면서 자기가 키우는 소가 행복하게 밥을 먹고 살이 잘 찌고 있는지를 관리하고, 아픈 아이들은 밥을 먹지 않아 살이 찌지 않기 때문에 병원에 데려와서 치료했다. 하지만 소가 경제동물이라고 해서 생산성만을 위해 치료를 하는 것은 아니다. 농장주도 사람이고 고기를 얻

기 위해 키우는 소들이기는 하지만 자기가 키우는 동물이 아픈 것을 그냥 둘만큼 냉혈한들은 아니다. 적어도 내가 본 농장주들은 자기가 키우는 소가 아프지 않고 편안하게 살 수 있도록 최선을 다하는 사람들이었다. 심지어 어떤 사람들은 기형으로 태어난 송아지를 불쌍하다고 따로 키우는 사람도 있었다. 사실 나는 경제적인 목적으로 동물을 키워 본 적은 없어서 그들의 사고방식을 완전히 이해하지는 못하지만, 농장주들은 자기가 키우는 동물에 대해 엄청난 애정을 품고 있다는 것은 확실해 보였다.

소에 관해서 얘기하다 보니 돌아가신 우리 할아버지가 떠오른다. 우리 할아버지와 할머니는 시골에 사셨는데, 집에서 소를 5마리 정도 키우셨던 것 같다. 나는 자라는 동안 할아버지께서 나와 내 동생에게 화내는 것을 한번 봤는데, 그것은 우리가 할아버지께서 키우던 소에게 나와 동생이 해코지했을 때였다. 나는 그 당시 9살쯤이었고 동생은 5살이었던 것 같다. 시골에 놀러 간 개구쟁이 꼬마였던 우리는 심심하던 차에 사냥 놀이라면서 BB탄 총을 마당에 있는 동물들에게 쏘기 시작했다(지금 생각하면 정말 뵈는 게 없던 꼬마들이었다.). 닭에게 비비탄 총을 쏘면서 사냥 놀이를 하고 있던 우리는 더 큰 사냥감이 필요했고, 외양간에 있는 소에게도 눈이 향했다. 그래서 외양간에 들어가서 소를 한 방 쐈더니 "음메~~"하면서 난리를 치기 시작했다. 이 소리를 듣고 오셨던 건지 갑자기 외양간에 들어오신 할아버지께서는 큰 소리로

"야 이 자슥들아, 지금 뭐 하는 짓이고! 퍼뜩 안 멈추나!!"라고 역정을

내셨다.

할아버지가 화내는 걸 처음 본 나와 내 동생은 외양간에서 튀어나와 엄마 아빠가 계시는 사랑채(?)로 줄행랑을 쳤다. 내 기억 속에 할아버지는 새벽 5시부터 일어나셔서 소 여물을 주시고 외양간을 청소하시면서 하루를 시작하셨고 소 봐야 하신다면서 여행도 한번 제대로 가지 못하셨던 분이다. 뭐 이때 당시가 옛날처럼 소 팔아 대학 보내고 하던 시대는 아니었지만, 그래도 할아버지께서는 그 옛날 젊은 시절부터 소를 키워서 밭을 갈아 농사를 지으셨고, 목돈이 필요할 때는 소를 한 마리씩 팔아서 돈을 장만하시던 시대를 산 분이었다. 그만큼 소는 할아버지의 하루하루 일상은 물론이거니와 인생 전체에 걸쳐서 아주 중요한 부분을 차지하고 있던 동물이었다. 그런 소를 철없던 나와 내 동생이 괴롭혔으니, 생전 처음으로 우리에게 역정을 내셨던 것이다. 우리 할아버지처럼 소규모로 소를 키우는 농장주뿐만 아니라, 대형 농장을 운영하는 주인들도(모순되는 것처럼 보일지는 몰라도) 동물 하나하나에 애정을 쏟고 키운다.

서울대 수의대를 다닐 때 수의학을 인문학적 측면에서 연구하셨던 교수님이 계셨는데, 교수님께 들었던 구제역이 휩쓸고 간 마을에 관한 얘기는 나에게 큰 충격을 주었다. 구제역이란 소 또는 돼지와 같이 발굽이 2개인 동물들이 걸리는 아주 전염성이 높은 질병인데 동물들이 이 질병에 걸리면 혀, 발 등에 수포가 생겨 잘 먹지도 못하고 걷지도 못한다. 이 질병이 직접 동물을 죽이지는 않지만, 전염성이 매우 높고 고통을 유발하여 생산성에 악영향을 끼치기 때문에 방역 당국에서 언제나 예의주시하고 있는 질병이다. 치료방법이 없어서 현재는 예방을 위해 병에 걸린 농장은 물론이고 그 농장 주위 일정 반경의 소, 돼지는 모두 도살하여 처분하는 정책을 펴고 있다. 우리는 뉴스 화면을 통해서, 예를 들어

"오늘 구제역 예방을 위해 소 100마리가 도살하여 처분되었으며, 4천만 원의 경제적 손실이 발생하였습니다."라는 소식을 '객관적' 지표로만 접하지만,

현장에 있는 소 주인들은 키우던 동물이 파묻히는 것을 보고 그야말로 정신병에 걸릴 만큼 큰 충격을 받는다고 한다. 농장주뿐만 아니라 그 현장에서 도살하는 작업을 하는 모든 인원이 살아 있는 생명을 죽인다는 죄책감에 정신적 트라우마를 겪는다. 잘 모르는 사람들은 '소 그거 파묻고 지원금 나오면 다시 키우면 되겠네.'라고 하지만, 옛말 중에 '자식처럼 키운 소'라고 있지 않나? 그만큼 애정을 들여 키운 동물들을 속수무책으로 잃은 주인들은 우울증과 무력감에 시달린다고 한다. 또한, 구제역을 위한 도살하여 처분하는 작전을 시행하면 그 주위 모든 도로가 폐쇄되어 마을의 왕래가 차단되는 All-stop 상태가 되기 때문에 가축을 잃은 주인들과 현장의 인부들은 그 안에서 끙끙대는 경우가 많다고 한다. 대규모 도살하는 현장에 있던 모든 인원에 대한 심리상담 치료와 같은 것들이 꼭 필요한 이유이다.

할아버지 얘기를 하다가 이야기가 여기까지 왔지만, 농장주들은 생각보다 본인의 동물에 대해서 엄청난 애정을 품고 있다. 농장 동물 병원을

방문하는 가장 주된 손님은 소인데 주로 무슨 이유로 방문할까? 대동물을 조금이라도 배운 수의대생이라면 위장문제, 유방염, 혹은 출산과 관련된 문제가 아닐까 생각할 수 있다. 하지만 대부분의 소는 대동물 내과, 외과 시간에는 잘 배우지 않는 '발굽' 문제 때문에 농장 동물 병원을 방문한다. 앞서 미국의 소는 너른 초원에서 기른다고 말했지만, 소 키우기의 마지막 단계에서는 도살 직전 최대한 살을 찌우기 위하여 작은 공간에 몰아넣고 곡물성 사료를 계속해서 주는 Feedlot이라는 곳에서 소를 키운다. 이 Feedlot은 좁은 공간에 밀집된 소들이 사육되다 보니 소들이 똥을 싸면 그 위에 계속 서 있는 것과 같을 정도로 바닥이 그냥 똥으로 되어 있다고 볼 수 있다. 따라서 똥을 계속 밟고 있는 발굽은 작은 상처나 틈이 생기면 그 안쪽으로 감염이 일어나기 쉬운 환경이 된다. 발굽이 감염되면 잘 걷지도 못하고 밥도 잘 먹지 못하기 때문에 꼭 치료를 해주어야 한다. 치료는 발굽을 끌처럼 생긴 도구를 이용하여 감염된 곳까지 파서 감염된 조직을 제거하고 항생제를 주면 된다. 소의 발굽을 자르고 있으면 뭔가 수의사라기보다는 조각가가 된 기분이 든다. 조각품이 계속 움직인다는 점만 제외하면 말이다. 소의 발굽은 사람으로 치면 손톱이라고 생각할 수 있는데, 발굽 안에 깊은 살까지 감염이 확산하면 발끝을 절단하는 시술을 할 때도 있었다. 어쨌든, 소에서 가장 많은 질환은 다른 거창한 질병들이 아니라 발굽 질환이라는 것을 로테이션을 돌면서 알 수 있었다.

Figure 13. 소를 치료하기 위해 쓰이는 회전하는 보정용 틀

　말 로테이션을 돌 때도 그랬지만 농장 동물 로테이션을 돌 때 '내가 정말 미국 남부에 있구나.'를 느낄 때가 많았다. 이곳 남부는 농업이 발달한 만큼 동부와 서부와는 매우 다른 이색적인 문화가 있다. 그중의 하나가 각종 농장 동물 'Show'인데, 이게 뭐냐 하면 간단히 말해 농장 동물을 정성 들여 키워서 대회에 나가서 상금을 타는 것이다. 처음 농장 동물 로테이션을 시작했을 때 입원실(=외양간)에 있던 염소와 소를 보면서 나는 처음에 '얘네들은 뭐길래 이렇게 값비싼 돈을 주고 치료하는 거지?'라고 생각했는데, 알고 보니 Show에 출전하는 '선수'들이었다. 하지만 도대체 염소를 길러서 Show에 나가는 게 '(서장훈의 말투로)무슨 의미가 있는 건지' 나는 도무지 이해가 가지 않았다. 나와 같이 로테이션을 돌던 친구들이 설명해 준 바로는 동물 사료 회사 같은 거대 기업들이 젊은이의 농업 참여를 독려하기 위해 이러한 Show를 개최하는 경우가 많다고 한다. 미

국도 한국과 마찬가지로 젊은 인력들이 계속 도시로 빠져나가는 추세라서 어떻게든 젊은 사람들을 가축 산업으로 유인할 요소가 필요했던 것이다. 그래서 기업들이 앞장서서 이러한 대회를 개최하여 젊은 사람들이 직접 농장 동물을 키워서 그 산업 안으로 들어오게 유도한다는 것이다. 대회를 나가기 위해 농장 동물을 키우는 과정에서 거기에 필요한 사료, 기계, 약품 등을 소비하게 하는 효과뿐만 아니라, 젊은이들로 하여금 가축 산업이 가지는 잠재력을 깨닫게 하는 것이다. 나와 같이 로테이션에 있던 친구 말로는 그러한 거창한 이유 말고도 시골에 살면 젊은이들이 딱히 할 것도 없어서 이러한 Show를 준비하는 것이 취미생활 비슷한 것이라고도 했다. 그래서 내가 있던 지역의 경우, 많은 젊은이가 사료 또는 잡다한 것을 싣기 편하게 주로 Pickup Truck을 몰고 다녔다(기름값이 매우 싼 것도 한몫하지만).

Show 문화뿐만 아니라 텍사스, 오클라호마와 같은 남부 쪽에서는 Bucking Bull이라 해서 날뛰는 소 위에서 오래 버티는 스포츠가 매우 인기가 많았다. 왜 가끔 해외 토픽 뉴스를 보면 카우보이모자 쓰고 로데오 경기를 하다가 떨어져서 소에 받치고 하는 그런 영상을 틀어주지 않는가? 그런데 남부 쪽에서는 이러한 '카우보이' 문화를 정말로 심각하게 자신들의 정체성으로 가지고 있다. 집 주위 월마트만 가도 큼직한 카우보이모자를 쓰고, 부츠를 신고, 허리에는 중2병 걸린 애들이나 할 것 같은 큼직한 버클이 달린 벨트를 매고 마지막으로 서부 총잡이가 쓸 것 같은 권총을 허리춤에 차고 있는 사람들을 정말 '심심찮게' 볼 수 있다. 수의대

학생 중에서도 남부 출신 친구들은(총은 안 차지만) 카우보이 복장으로 진짜 학교에 왔었다. 난 처음에 그것을 보고 핼러윈도 아닌데 웬 코스프레하는 건가 생각했지만, 그건 그냥 그 친구들의 일상복이었다. 어쨌든 이러한 카우보이들에게는 날뛰는 소를 통제하는 Bucking Bull 스포츠가 마치 우리가 Premier League 축구를 보는 것처럼 중요했다. Bucking Bull 스포츠에서는 그 위에 올라타는 선수만큼이나 미치도록 날뛰는 '소'가 퍼포먼스 평가에 매우 지대한 영향을 끼친다. 따라서 이 Bucking Bull들은 그 자체 몸값은 몇억을 호가하고 몇천만 원짜리 보험에 들어 있는 경우가 허다했다.

육중한 몸을 위아래 좌우 앞뒤로 흔드는 이 녀석들이 병원을 방문하는 가장 흔한 이유 중 하나는 '골절'이다. 점프했다가 착지하는 동작에서 실수로 한 발에만 무게가 다 쏠리는 경우에는 아무리 튼튼한 다리여도 뼈가 버텨내지 못하는 경우가 많다. 골절된 소는 제대로 날뛰지 못하고 그러면 퍼포먼스를 해야 하는 Bucking Bull로는 소용이 없으므로 이때를 대비해 들어 놓은 보험을 이용하여 이들은 대동물병원으로 골절 수술을 하러 왔다. 골절 수술을 하기 위해서는 일단 X-ray부터 찍어야 하는데, 이들의 X-ray를 찍는 것은 정말이지 큰 작전 하나를 진행하는 것 같았다. 일단 Bucking Bull들은 매우 사나워서 접근할 수 없다(조련사가 아닌 이상 접근을 '안 한다.'가 맞을 듯). 또한, 일반 소처럼 보정용 틀에 넣으면 혼자서 날뛰다가 다칠 수 있어서 그 안에 넣어서 고정하지도 못한다. 따라서 이들은 마취해서 재운 뒤 지게차에 실어서 X-ray 실로 가서 영상을 찍은 후에 수술이 필요하면 바로 수술실로 향하도록 Non-Stop 치료 계획을 수립한다. 농장 동물 닥터들은 골절 수술은 잘 하지 않기 때문에 Bucking Bull의 수술은 말 외과 팀에서 맡아서 했다. 수술이 끝나고 입원 동안에도 이들은 접근할 수 없었기 때문에, 담당 학생은 그저 우리 밖에서 Bucking Bull의 상태를 확인하기만 하면 되어 그리 손이 많이 가는 환자는 아니었다.

Bucking Bull만큼이나 골절상을 당하는 농장 동물이 또 있는데, 그것은 바로 '라마'나 '알파카' 같은 낙타와 조금 비슷하게 생긴 동물이었다. 솔직히 내 담당 환자가 아니어서 어쩌다가 골절상을 입는지 확실히는 모르겠지만, 유튜브 동영상만 찾아봐도 이들은 시도 때도 없이 깡충 거리면서 뛰어다니다가 다리를 분지르는 것 같다. 알파카가 라마보다 조금 더 작고 귀엽게 생긴 동물이고, 라마는 뭔가 표정이 항상 '이건 뭐 하는 놈이야?'라고 하는 것처럼 좀 재수 없게 생긴 아이들이었다. 어쨌든 이 동물들의 골절 수술도 말 외과 팀이 전담해서 했다.

농장 동물 외양간을 지나가다 보면 가끔 코를 강타하는 '향'이 있었다. 그 주인공은 바로 '염소'다. 중성화하지 않은 수컷 염소를 'Billy Goat'라고 부르는데, 얘네들은 근처만 가도 그 비릿한 염소 냄새가 주위를 감싸고 있었다. 왜 양고기 먹을 때 나는 냄새 있지 않은가? 수컷 염소들은 그 냄새를 몇 배는 압축해 놓은 체취를 항상 풍기고 있다고 생각하면 된다. 농장 동물 로테이션을 돌기 전에 동물병원 로테이션을 나보다 먼저 시작한 형과 밥을 먹으러 간 적이 있었다. 식전 빵이 나오고 치즈가 함께 나왔는데 염소 치즈도 함께 나왔었다. 그런데 형이 말하기를 자기는 여기 동물 병원에서 농장 동물 로테이션을 하고 난 다음부터는 염소 치즈를 먹지 않는다는 것이다. 그 냄새가 자꾸 떠올라서. 나는 그게 뭔지 그 당시에는 뭔지 몰랐기 때문에 나는 그저 맛있다며 염소 치즈를 빵에 발라 먹었고, 그 형이 자기는 안 먹는다면서 집에 있던 염소 치즈도 나에게 준 것을 받아와서 먹었었다. 하지만 농장 동물을 돌면서 염소를 직접 접해 보니 그다음부터는 나도 이제 염소 관련된 것은 절대 먹지 않는다. 그 '냄새'가 생각이 나서. 직접 맡아 보면 단번에 뇌리에 각인되겠지만, 경험이 없는 사람에게는 염소 치즈에서 나는 냄새를 10배 농축시킨 비릿한 냄새 라고밖에 설명할 수 없다. 어쨌든 수컷 염소가 대동물 병원을 방문하는 흔한 이유 중 하나는 '요도 막힘증' 때문이다. 염소의 Penis는 끝 부분이 나선 모양으로 매우 독특하게 생겼는데 오줌에 있던 미네랄 성분의 찌꺼기 같은 것들이 이 나선 부분에 걸려서 오줌의 배출을 막는 질환이 수컷 염소에서는 흔했다. 이러한 염소가 입원하게 되면 그놈을 치료하기 위하여 몸을 붙잡거나 해야 하는데 그러면 정말 향수를 뿌린 듯 종일 염소 냄새가 나를 감싸 돌았다. 농장 동물 로테이션 회의실에 앉아 있으면 그 냄새가 계속 났는데, 애들끼리

"Do I smell sexy~??"라면서 장난을 쳤었다. 어쨌든 염소 치즈는 그 미세한 냄새마저 나의 후각 기억을 자극하기 때문에 이제 먹지 않는다.

Figure 14. 다리를 다친 애완용 알파카(왼)
Figure 15. 염소에게 채혈하는 수의대 학생(오)

농장 동물 로테이션을 돌 때도 일과가 끝난 후 차례로 당직을 서야 하
는데 주로 입원 환자들에게 시간대별로 지정된 약물을 주거나, 응급 환자
가 들어오면 인턴을 도와 처치하는 임무가 주어졌다. 그런데 미국 수의대
생들은 당직을 혼자 서지만 나와 같이 외국 수의사 프로그램을 도는 경
우에는 꼭 2인 체제로 당직을 서게 했다. 대동물에 익숙지 않은 외국 수
의사들이 이전에 사고를 낸 적이 있거나 응급 상황에서 커뮤니케이션이
제대로 안 되어서 그렇다고 들은 것 같기는 하다. 어쨌든 뭐 나야 다른
학생과 같이 당직을 서면 잘 모르는 것에 대해 도움을 받을 수도 있고 심
심하지도 않아서 좋기는 했다.

당직을 선 날 오후 8시쯤 되었을 때 인턴으로부터 갑자기 아픈 소가 들

어올 것이라는 연락을 받았고 그로부터 20분 후에 농장주와 소가 도착했다. 농장주에 따르면 소가 움직이지도 않고 계속 가만히 있고 양쪽 배가 매우 빵빵하게 부풀어 오른 것 같다고 했다. 소의 경우에 배가 빵빵하게 부풀어 올랐다는 것은 위 내용물이 입으로든 소장으로든 제대로 배출이 안 되고 있다는 뜻이다.

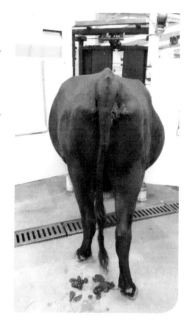

Figure 16. 양쪽 배가 빵빵해진 소

여기서 잠깐만, 소의 아주 특이한 소화 구조에 대해서 짚고 넘어가 보자. 소는 4개의 위를 가지고 있는데 흔히 '양'이라 부르는 제1위는 진짜 엄청나게 커서 소 복부의 왼쪽 부분을 거의 다 차지하는데, 섭취한 사료가 미생물에 의해 발효가 되는 아주 큰 '발효 통'이라고 할 수 있다. 따라서 제1위에서 '미생물'들의 역할은 다른 어떤 요소보다 중요하다. 수의대 본과 실습 시간에(이상한 냄새가 나는 초록색의) 제1위 내용물을 현미경을 통해 관찰했을 때, 수많은 미생물이 그 안에서 분주하게 왔다 갔다 하던 것이 기억난다. 미생물은 소의 소화에서 매우 중요한 역할을 차지해서 소의 경우 사료 변화로 인해 제1위 내의 미생물 구성이 갑자기 바뀌면 큰 탈이 나는 경우가 많다. 단백질이 그렇게 풍부하지 않은 풀만 먹는 소가 어쩜 그렇게 커다랗게 자랄 수 있나 하는 궁금증을 누구나 가질 수 있을 텐데, 바로 제1위에서 사료를 먹고 무럭무럭 큰 미생물들이 소장으로 씻겨 내려가 소의 단백질원이 되는 것이다. 미생물과 더불어 '발효' 과정 또한 소에게는 매우 중요한데 그 이유는 미생물들이 발효하는 과정에서 생산하는 '휘발성 지방산'이라는 가스가 소의 에너지원 중에 70% 정도를 차지하기 때문이다. 제1위에서 미생물들의 발효로 생성된 가스는 제1위벽을 통해 흡수되어 간과 같은 장기로 혈액을 타고 이동하여 소의 에너지원으로 사용된다. 제1위 다음으로는 제2위(벌집위), 제3위(천엽)과 제4위(막창)가 있다. 사실 제4위만이 인간의 '위'처럼 위산을 분비하는 역할을 하기 때문에 제4위가 진짜 '위'라고 할 수 있다.

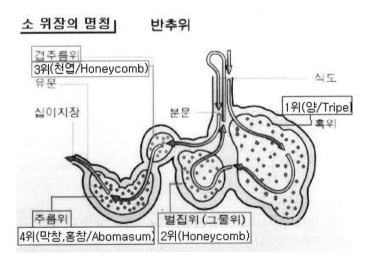

Figure 17. 소의 위 [출처: ㈜미트뱅크코리아]

앞서 우리의 소 환자처럼 배가 빵빵하게 부풀어 올랐다는 것은 위에 있는 내용물과 함께 '가스'가 제대로 배출이 되고 있지 못하다는 뜻이다. 제1위에 있는 가스는 입을 통해 계속 트림을 해서 내보내야 하고, 섭취한 사료와 같은 위 내용물은 위를 통해 소장, 대장으로 계속해서 내려가야 하는데 어느 부분이 지금 제대로 작동을 안 해서 차가 막히듯이 꽉 막혀 있는 것이다. 이와 같은 소화불량을 지칭하는 전문용어(미주 신경성 소화불량)가 있으며 그 하위분류도 있기는 하지만 자세히 쓰지는 않겠다. 어쨌든 간에, 이러한 '소화불량'이 있을 때는 우선 빵빵해진 제1위에 차 있는 가스 또는 내용물을 제거해서 편안하게 만들어 줘야 한다.

이때 쓰는 것이 '위관'이라 하는 것인데, 소의 입을 벌린 후 쇠파이프 같은 것을 끼운 후에 그 파이프 안에 고무호스처럼 생긴 것을 통과시켜 제1위까지 내려보내 가스 또는 내용물들이 호스를 타고 입 밖으로 나올 수 있도록 연결 통로를 만들어 주는 것이다. 대부분 입을 통해 호스를 밀어 넣으면 식도를 통해 위로 들어가지만, 잘못해서 이게 기관을 통해 '폐'로 들어가는 일이 있을 수 있어서 위에 들어간 것을 꼭 확인하는 과정이 필요하다. 그 방법 중 가장 쉬운 방법은 호스를 삽입한 후에 머리 쪽에 있는 사람이 호스에 입을 대고 '푸~' 공기를 불어넣으면 위쪽에 있는 사람이 청진기로 제1위에서 나는 '뽀글뽀글' 소리를 듣는 것이다. 이게 글로 읽으면 쉬어 보이지만 쇠파이프를 넣는 과정부터 만만치는 않다. 우선 한 사람이 소 머리를 잡고 입을 벌린 후 쇠파이프를 입에 집어넣어야 하는데 이때 소가 가만히 있지는 않을 것이기 때문에 소가 머리를 흔들면서 난리 치는 것을 버텨야 한다. 또한, 호스를 넣으면 압축되어 있던, 쓰레기 냄새가 나는, 위 내용물과 가스가 나오고 그것이 옷에 튀기는 경우도 많아서 고상한 과정은 아니다. 어쨌든 인턴과 함께 우리는 위관을 삽입했는데 생각보다 많은 내용물이 나오지는 않았으며 배가 그렇게 작아지지도 않았다. 인턴은 농장주에게 솔직하게

"제가 생각한 것보다 더 심각한 일인 것 같습니다. 레지던트를 불러서 원인을 알아보도록 하겠습니다."라고 말하고 레지던트를 호출했다.

레지던트가 도착한 뒤 우리는 조금 더 많은 것을 했다. 처음에 한 것은 직장검사라 해서 소 항문에다가 팔 전체를 집어넣어 배 속 장기들이 어떤 상태인지 만져보는 것이다. 마지막으로 레지던트가 한 것은 '초음파' 검사였다. 초음파를 통해서 내부 장기를 볼 때는 정상, 비정상을 판단해야 하며, 화면에 보이는 부분이 무엇인지 판단해야 해서 매우 고급 기술이다. 모르는 사람이 보면 화면에 보이는 것은 그저 하얀색과 까만색 그림일 뿐이기 때문에 숙련된 사람만이 초음파를 이용해 진단할 수 있다. 하여튼 제4위 쪽을 초음파로 살펴보던 레지던트는 갑자기 화면을 가리키면서 우리에게

"What do you see here?"라고 물었다.

화면을 보니 뭔가 공 같은 것이 제4위의 분문이라 부르는 소장으로 난 출구 쪽에 있었다. 내가

"It seems like a mass(암 덩어리인 것 같아요)"라고 하자, 레지던트는 "I agree!"라고 했다.

결론적으로, 제4위에서 소장으로 난 출구 쪽에 종양이 생겨서 통로가 막혀 위 내용물이 소장으로 넘어가는 것을 막고 있었던 것이다. 이러한 종양의 가장 흔한 원인으로는, 소 백혈병 바이러스(Bovine Leukemia Virus)로 인한 임파선암(Lymphoma)이 있다. 수의대생들이라면 이러한 종양이 자주 발생하는 장기에 대해서 외운 적이 있을지도 모르겠다. 딱히 치료 방법이 없는지라 소는 안락사 되었다.

이날 응급으로 들어온 소를 인턴과 함께 진단과 치료를 시작하고 실마리를 찾지 못해서 레지던트까지 호출되어 사용했던 모든 과정은, 소의 소화불내증에 있어서의 진단과 치료를 압축적으로 하나의 케이스로 다 봤던 경험이었다. 심지어 레지던트도 이러한 케이스가 많지는 않은데 당직인 너희는 운이 참 좋은 경험을 했다고 말해 주었다. 미국 수의사 공부를 할 때 유튜브를 통해서 보던 것들을 실제로 보고 배우니 신기했던 경험이었고, 소에 대해서 하나도 모르는 나를 위해 차근차근 설명해 주고 내가 직접 손을 대고 장비를 조작할 수 있도록 가이드해준 인턴과 레지던트가 새삼 너무 고마웠다. 나는 개, 고양이 수의사를 할 것이기 때문에 농장 동물을 치료할 일은 없겠지만, 그래도 기본적인 '수의사'가 할 줄 알아야 하는 지식과 테크닉을 익힐 수 있었던 로테이션이었다.

# 🧪 진단과 로테이션

## ∴ 영상의학과

영상의학과는 동물의 X-ray, 초음파, MRI, CT를 찍는 과이다. 영상의학과 로테이션을 돌면서 학부생들이 가장 많이 하는 것은 X-ray 찍기이다. 동물은 자기가 어디가 아픈지 말을 할 수 없기 때문에 X-ray처럼 비침습적이면서 문제를 알아낼 수 있는 진단법이 사람보다 훨씬 자주 쓰인다. 사람이 X-ray를 찍을 때는 방사선 선생님이

"허리 펴고 숨 참으세요."

하면 하나씩 하나씩 금방 찍을 수 있다. 하지만 동물의 경우에는 X-ray를 찍기 위해 가만히 있어야 하는 것 자체가 하나의 일이다. 개의 경우 흉부와 복부 X-ray를 자주 찍는데, 일단 개를 X-ray 기계 위에 올린 후 보정자 1은 앞발을, 보정자 2는 뒷발을 쭉 당겨서 만세를 시킨 후 보정자 1이 X-ray 스위치를 발로 눌러서 영상을 얻는다. 흉부든 복부든 왼쪽 측면, 오른쪽 측면 그리고 정면 총 3장을 보통 찍는다. 얌전한 개 또는 너무 아파서 힘이 없는 개의 경우에는 보정자가 자기 발을 당기건 밀건 얌전히 잘 있다. 하지만 대다수의 경우 개들은 자기가 왜 만세를 하고 있는지 이해를 할 수 없어서 보정자의 손에서 빠져나오려고 발버둥을 친다. 만세 자세를 한 후 눈알을 좌우로 굴리는 강아지들을 보면 얘네는 속으로 무슨 생각을 할까 웃음이 나오기도 한다.

고양이의 경우에는 X-ray 찍기가 더 힘들다. 얘네들은 일단 사람 손 타는 것을 싫어하고 몸이 매우 매우 유연해서 요리조리 빠져나가고 할퀴고 난리를 친다. X-ray 빔에 노출되는 것은 동물에게나 사람에게나 안 좋아서 보정자들은 납 앞치마, 갑상선 보호대, 그리고 납이 들어 있는 아주 두꺼운 장갑을 끼고 동물을 보정해야 한다. 한국 수의대에서는 납 장갑을 끼지 않았지만, 미국 수의대는 납 장갑을 끼지 않으면 로테이션에서 Fail할 정도로 매우 엄격하게 강제한다. 납 장갑을 끼면 손이 둔해져서 보정을 제대로 할 수 없어서 장갑을 끼고 고양이 X-ray를 찍는 것은 정말이지 고역이라 할 수 있다. 그나마 납 장갑이 물거나 할퀴는 것을 막아주어서 좋기는 하다.

사람은 정형외과 가서 X-ray 찍는다고 마취를 하지는 않는다. 그냥 하라는 대로 무릎을 위치시키고 가만히 있으면 X-ray 찍는 분이 잘 찍어준다. 하지만 개는 무릎 사진을 찍을 때도 마취를 해야 한다. 미국에는 큰 개들이 많은데, 이 개들은 신나게 뛰다가 갑자기 꽥하고 소리를 지르면서 뒷다리를 못 쓰는 경우가 있다. 이때 가장 의심되는 것은 전십자인대 파열이다. 사람도 축구 경기를 하다가 전십자인대가 파열돼서 못 걷는 경우가 생기듯이 큰 개들 사이에서는 꽤 자주 보이는 정형 질환이다. 어쨌거나 전십자인대 파열을 진단하기 위해서 X-ray를 찍을 때는 정확한 각도와 위치에서 영상을 찍어야 하는데, 맨정신에 있는 애들이 자기 아픈 다리를 꺾고 보정하고 하는 것에 가만히 있을 리가 없다. 그래서 마취를 해서 잠을 재우고 그사이에 무릎 영상을 찍어서 진단한다.

CT, MRI를 찍을 때는 일정 시간 동안 한 자세로 가만히 있어야 하기 때문에 무조건 전신마취를 한다. 그래서 동물이 CT나 MRI를 찍을 때는 영상팀과 함께 마취팀이 함께 일한다. X-ray와는 달리 CT, MRI는 병이 중한 환자가 많아서 마취팀은 항상 긴장하고 환자의 상태를 지켜봐야 한다. 영상을 찍는 것 자체가 동물에서는 만만치 않은 작업이다.

소와 말도 X-ray를 많이 찍는다. 개, 고양이와 달리 소와 말은 몸통 자체가 너무 두꺼워서 몸통 쪽은 찍어도 그렇게 좋은 영상을 얻지는 못한다. 차라리 초음파를 쓰는 게 낫다. 하지만 소와 말에서 X-ray는 발굽 질환을 진단하는 데 매우 유용하게 쓰인다. 수의대 학부생 때는 소와 말에서 제일 중요한 질환이 내장 질환인 줄 알았다. 학교 수업 시간에도 맨날 배우는 것이 장이 뒤틀리고, 장에 가스가 차고 등등 그쪽밖에 안 배웠기 때문이다. 한국에서는 대동물을 이론으로만 배웠지 사실상 실제로 진료를 해본 적은 거의 없어서 현실에서는 어떤 병이 제일 많은지 몰랐다. 그냥 소문으로 소 수의사를 하는 분 중에 발굽을 치료하는 분들이 돈을 제일 잘 번다고 들은 것 같기는 하다.

앞서도 얘기했지만, 미국 수의대에 와서 보니까 대동물 내원 환자의 약 50% 정도가 발굽 질환이다. 소는 진짜 하루 보는 환자의 80%가 발굽 문제였고, 말은 발굽 및 발목 관절 문제로 병원을 찾는 경우가 매우 많았다. 소의 경우 발굽 X-ray를 찍기 위해서는 소 몸에 딱 맞는 케이지에 넣은 후, 그 케이지를 45도 각도로 회전시킨 후 발만 쏙 빼서 이동식 X-ray 장치로 영상을 얻는다. 말의 경우에는 말 전용 X-ray실로 데려와서 이동식 X-ray 장치로 발을 조준하여 영상을 찍는다. 말은 작은 움직임이나 소리에 매우 민감하므로 X-ray 장치를 들고 돌아다닐 때 매우 조심해야 한다. 내가 영상과 로테이션을 돌 때 X-ray를 찍던 간호사가 말에게 발을 밟혔는데, 그 간호사는 그다음 날 목발을 짚고 왔음에도 밟히던 그 순간에는 소리를 지르지 않고 참았다. 소리를 질렀다가는 말이 놀라서 더 큰 사고가 나기 때문이다.

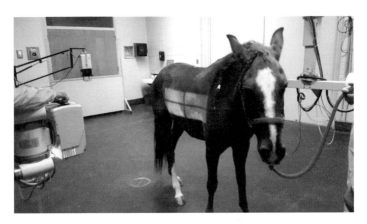

Figure 18. 복부 X-ray를 찍는 말

영상의학과 로테이션을 돌 때 업무 시간에는 방사선 테크니션이 영상을 찍을 때 옆에서 자세 잡는 것 등을 도와준다. 사람은 등이 평평해서 가령 흉부 사진을 찍기 위해 X-ray 판 위에 누우면 가슴 양쪽이 대칭 하는 영상을 얻을 수 있지만(사람은 서서 찍는 것 같긴 하다.), 개는 등 쪽으로 눕히면 척추뼈가 산처럼 뾰족하게 튀어나와있어서 양쪽 균형을 잡아주지 않으면 가슴 영상이 비대칭적으로 나오게 된다. 영상이 비대칭적으로 얻어지면 심장 크기 같은 것을 판단할 때 오류가 생길 수 있어서 최대한 좌우 균형 있게 찍어야 하는데, 이것이 생각보다 쉽지가 않다. 또한, 3kg 요크셔테리어와 50kg 그레이트 데인 사이에는 크기 차이가 매우 많이 나기 때문에 X-ray 노출창의 크기도 환자마다 조절해야 한다. 이것은 숙련되지 않은 사람에게는 쉽지만은 않은 작업이다. 노출창이란 X-ray 빔을 쏘기 전에 기계로부터 나온 직사각형의 가시광선 빛이 X-ray가 노출될 범위를 미리 알려주는 창이다. 무조건 크게 하면 구조물은 다 찍을 수 있겠지만, 환자나 보정자가 X-ray에 노출이 많기 때문에 환자 사이즈에 딱 맞도록 가로세로 노출창을 그때그때 조절해야 한다. 또한, 각각의 영상을 찍기 전에 컴퓨터에 포지션을 입력하는 등 자잘한 절차들도 있다. 어쨌거나 8 a.m.-5 p.m. 사이에는 방사선 간호사가 도와주기 때문에 크게 어렵지는 않다.

하지만 5 p.m. 이후에 응급으로 들어오는 환자들의 경우에는 응급당직으로 지정된 영상의학과 학생이 와서 테크니션의 도움 없이 응급 당직 학생 또는 인턴과 영상을 찍어야 한다. 혼자 힘으로 영상을 찍도록 내던져진 것이다.

영상의학과 1주차 토요일에 내가 영상의학과 24시간 응급 대기를 맡게 되었다. 응급 대기란 집에서 기다리고 있다가 학교에서 콜이 오면 X-ray를 찍으러 가는 것이다. 나와 로테이션을 같이 돌던 미국 학생이 응급 콜을 받았을 때 X-ray를 제대로 찍지 못해 Fail을 받아 다시 로테이션을 돌았기 때문에 '나는 잘할 수 있을까?' 조금 걱정이 되기도 했다. 토요일은 최소 4건 정도 X-ray 요청이 들어오기 때문에 군대의 5분 대기조처럼 콜이 오면 언제든 나갈 수 있게 차 열쇠, ID 카드, 핸드폰, 지갑을 탁자 위에 올려놓고 금요일 밤 잠이 들었다.

토요일 오전 8시쯤에 핸드폰이 울렸다. X-ray가 필요하다는 요청이었다. 나는 벨 소리를 듣고서야 잠에서 깼지만, 전날 준비물을 미리 챙겨놓아서 옷 입고, 모자 쓰고, 껌 하나 씹으면서 학교로 갔다. 학교에 가니 입원해 있던 비글의 흉부 사진을 찍어야 한다고 했다. 입원실 담당 학생과 X-ray를 찍기 시작했는데, 잠에서 덜 깬 데다 혼자서 컴퓨터 소프트웨어와 X-ray 장치를 하나하나 조작해 보는 것은 처음이어서 조금 어리버리했다. 가슴 X-ray는 어깨관절 즈음부터 횡격막까지가 나와야 하는데, 첫 영상은 횡격막이 잘려서 재촬영이 지시됐다. 사실 횡격막은 겉에서 보면 (당연히) 보이지 않기 때문에 특정 뼈와 뼈 사이에 노출창이 와야 한다는 것을 이론으로는 알고 있었지만, 정신이 없어서 간과한 것이 실패 요인이었다. 컴퓨터로 X-ray 기계를 대기 상태에 놓고 두꺼운 납 장갑을 끼고 움직이는 환자를 보정하면서 X-ray 노출창을 조절하고 그런 후에 X-ray 스위치를 발로 눌러 찍으려니 테크니션이 도와주던 것보다 10배는 힘이 들었다. 어쨌거나 2번의 시행착오를 거친 후 만족할 만하게 영상이 나와서 집에 갔다.

오후 3시, 오후 5시에도 학교로부터 콜이 와서 X-ray를 찍으러 갔다. 5시에 찍은 환자는 어린아이와 놀다가 낚시 추를 먹은 것 같다고 해서 내원했지만, 뱃속에는 아무것도 없었다. 어린아이가 혹시 낚시 추를 먹은 게 아닐까 걱정이 되었다.

밤에는 콜이 없어서 저녁 먹고 잠자리에 들었는데 잠결에 벨 소리를 듣고 깼다. 새벽 2시였다. 새벽 2시에 병원을 찾는 환자치고 멀쩡한 놈은 하나도 없어서 얼른 채비해서 학교로 갔다. 학교에 엄청나게 빨리 갔더니 당직 인턴이 도미노피자 배달부처럼 빠르다고 칭찬해 줬다. 응급실에는 40kg의 그레이트 데인이 있었는데, 인턴 말로는 위장뒤틀림증이 의심된다고 했다. 그레이트 데인과 같은 대형견은 가슴둘레가 매우 큰데, 이 큰 가슴 뒤쪽에 있는 위가 가끔가다 뒤틀리는 응급 질환이 발생한다. 위가 뒤틀리면 소화는 물론이거니와 거기 옆에 있는 큰 혈관도 함께 뒤틀려서 얼른 수술해서 꼬인 위장과 혈관을 풀어 주지 않으면 죽을 수도 있는 응급 질환이다. 또한, 매우 아프기 때문에 그레이트 데인은 이미 진통제를 맞은 상태였지만, 계속 캑캑거리고 엄청나게 상태가 안 좋아 보였다. 당장 급한 응급처치를 받은 그레이트 데인의 위를 관찰하기 위해 X-ray 요청이 왔던 것이다.

이러한 응급 상황에서는 일분일초를 낭비할 수 없기에 실수를 하지 않기 위해 얼른 몽롱한 정신을 가다듬었다. 그레이트 데인을 X-ray 판 위에 올렸지만 40kg짜리 개가 아파서 몸부림을 치니까 도저히 가만히 보정할 수가 없었다. 얘는 거기다가 자꾸 캑캑거리면서 사방에 침과 토사물을 내뿜었다. 움직이는 동안 찍은 X-ray는 상이 흔들려서 가치가 없어서 잠시라도 가만히 있게 해야 했다. 중환자실에 있던 학생 하나를 더 불러 네

명이 함께 그레이트 데인을 잡고 복부를 찍었다. 다행히 아침과 오후에 X-ray를 찍었던 경험이 있어서 실수 없이 한 번에 영상을 얻을 수 있었다. 인턴은 영상을 보고서는 위장뒤틀림증을 진단하고서는 수술팀을 호출하러 갔고, 나는 안도의 숨을 쉬면서 집에 왔다.

항상 느끼는 것이지만 이론을 아는 것과 실전은 다르다. 그리고 옆에서 작을지언정 도움을 주는 사람이 있는 상황과 철저히 혼자서 상황을 컨트롤하는 것은 다른 얘기이다. 내가 책임자가 되어서 시작부터 끝까지 일하기 위해서는 그 상황에 대한 모든 것을 알고 몸이 바로 움직일 수 있어야 한다. 특히 응급 상황에서는 말이다. 만약 위장뒤틀림증 환자가 당직날 아침에 왔다면 나는 허둥지둥하면서 귀중한 시간을 허비했을 수도 있다. 다행히(?)도 위장 뒤틀린 애가 4번째로 왔기에 나는 오전과 오후의 경험을 바탕으로 차분히 할 수 있었다. 새벽 2시에 불려가서 옷에 침과 토사물을 묻히고 3시에 집에 돌아갔지만, 하급 닌자에서 중급 닌자로 레벨업 하기 위해 필수인 영상 찍기 경험치를 획득한 느낌이어서 뭔가 뿌듯했다. 그리고 미국 수의대생들은 이러한 트레이닝 과정을 학부 때 이미 거치고서 수의사로 배출된다는 사실이 뭔가 부러웠다.


## ∵ 병리과

미국 수의대 본과 4학년 과정에는 한국에는 없는 3주짜리 과정이 하나 있다. 그것은 바로 'Diagnostics(=진단과)' 과정이다. 서울대 수의대 동물병원에도 '임상 병리'라는 로테이션은 있지만, 미국의 'Diagnostics'은 병리의 전 과정을 포괄하는 로테이션이라고 말할 수 있다.

그렇다면 뭐가 다른가? 'Diagnostics' 과정은 크게 3개의 독립적인 과로 이루어져 있다. 첫째는 '임상 병리'인데, 여기서 하는 일은 환자의 혈액, 오줌, 세포 샘플 등을 분석하여 질병의 진단을 하는 과이다. 보통 임상 병리 레지던트가 혈액, 오줌, 세포 등에 관한 예시 데이터를 주면 우리는 그것을 해석해서 그다음 날 레지던트와 함께 어떤 문제가 있는 것인지 토론하는 과정이었다.

두 번째는 '임상 기생충학'인데, 실제로 우리가 진료를 시작하면 마주할 기생충에 대한 것을 기생충학 교수와 현미경을 보면서 각각의 기생충이 어떻게 생겼으며 그것을 진단하고 치료하기 위해서는 어떤 방법을 써야 하는지 배우는 과정이었다. 사실 한국은 대부분 반려동물이 실내 생활을 해서 기생충에 의한 질병은 그리 흔하지는 않다. 또한, 본과 기생충 시간에 기억나는 것은 그저 현란한 교수님의 '랩' 실력이었다. 기생충 학명은 'Parascaris equorum'처럼 지은이 멱살을 잡고 싶을 정도로 긴 이름이 많다. 따라서 이걸 강의하시던 한국의 기생충 교수님은 말이 무척이나 빠르셨고, 『쇼미 더 머니』에 기생충 랩으로 나가실 수도 있을 것 같았다. 하지만 기생충 시간에 배웠던 아프리카에 사는 초파리로부터 전염되는 기생충 따위의 것들은 전혀 내 관심사가 아니었기 때문에 기생충을 공부하는 것이 너무 어려웠고, 마지막에는 처참한 학점을 받았던 것이 생각난다.

하지만 임상 기생충학은 정말 실전에 기반 둔 것들만 배웠으며, 내가 있던 미국 남부지방은 기생충의 Hot Place인지라 임상 자료도 아주 풍부하였다. 미국의 경우에는 반려동물들이 바깥 활동을 많이 많이 하고, 무엇보다도 말과 농장 동물을 다루기 위해서도 기생충을 잘 아는 것이 매우 중요하다. 말과 소 같은 동물은 풀밭을 거닐면서 풀을 먹고 또 거기에 배변해서 기생충이 순환하기에 매우 적절한 조건이다. 따라서 기생충을 어떻게 제어하고 관리해야 하는지 배우는 중요한 로테이션이었다. 수업 진행을 위해서는 각각이 연결된 현미경을 통해서 기생충 교수가 보는 화면이 그대로 다른 학생들의 현미경에도 맺히도록 해서 기생충마다 어떤 모양으로 생겼고 어떤 특징이 있는지 보는 방식이었다. 중요한 것은 그렇게 매일 배운 것을 그다음 날 바로 시험을 본다는 것이었다. 교수가 기생충 슬라이드를 현미경에 제시하면 우리는 그것이 어떤 기생충이고 어떻게 치료해야 하는지 종이에 적어서 제출했다. 한국에서 한문이 섞여 있던 기생충 책으로 뭔지도 모를 것들을 공부하다가 이렇게 실제의 기생충을 보면서 시험을 보니 훨씬 이해도 잘 되고 암기도 잘 되었다.

마지막으로 이번 로테이션의 꽃이라 할 수 있는 '부검' 과정이 있었다. 보통 '임상 병리'와 '임상 기생충학'을 오전에 하고, 오후 통째로는 '부검'을 했다. 부검이란 죽은 동물을 해체하여 각 장기 상태의 평가를 통해서 죽음의 원인을 유추하는 것을 말한다. 부검이라 하면 개, 고양이 사이즈의 동물을 해체하는 것을 상상하지만, 오클라호마는 말과 소가 매우 많은 지역이다. 말 또는 소 같은 경우에는 값비싼 보험에 들어 있는 경우가 많아서 전문의의 부검 소견서가 매우 중요하다. 소견서 한 줄에 따라서 몇천만 원이 왔다 갔다 할 수 있다. 따라서 하루에 최소 대동물을 한두 마리는 부검해야 했는데, 이것은 말이 부검이지 하다 보면 마장동에서 고기를 해체하는 건가 하는 느낌이 들었다. 예전에 할머니께 대동물 수의사가 하는 일을 설명해 드린 적이 있는데 할머니께서는 그걸 듣더니 "그거 완전 백정 아이가!"라고 탄식하시던 것이 생각이 난다. 솔직히 백정도 내가 직접 해 보니 낭비되는 고기 없이 부위별로 해체해야 해서 엄청나게 힘든 일이지만 뭔가 할머니 인식 속에 '수의사'는 좋은 이미지는 아닌 것 같아서 조금 슬프긴 했다. 이와는 별개로 대동물을 부검할 때마다 칼을 들고 신나게 달려드는, 나 빼고 다 여성인, 학생들을 보면서 『워킹데드』의 좀비들이 자꾸 떠올랐다. 조각 조각난 동물 사체들을 보는 건 사실 안심, 등심, 곱창처럼 '고깃덩어리'라고 생각하면 별로 무섭진 않다. 의사들은 사람 사체로 부검할 때 안 무서운지 모르겠다.

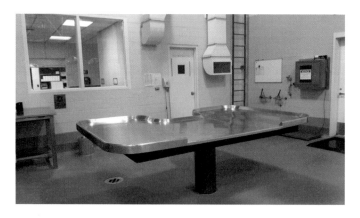

Figure 19. 대동물용 부검 테이블

오후 1시쯤에 부검 회의실에 다들 모이면 일단 그날 어떤 케이스들이 들어 왔는지 의뢰서를 검토하는 것으로 오후를 시작했다. 의뢰서에는 동물 종류, 나이, 성별 그리고 죽기 직전에 관찰된 증상과 같은 것들이 나열되어 있었다. 그러면 우리는 레지던트와 함께 해당 동물이 어떤 질병으로 죽었을 것 같은지 감별 진단을 얘기하고, 해당 질병에 따라서 어떤 병변을 부검에서 관찰할 것 같은지 이야기를 나눴다. 예를 들어 의뢰서에 3일 된 강아지가 시름시름 앓다가 죽었다고 쓰여 있으면 그 나이대에서 취약한 Herpes Virus로 죽었을 것 같고, 이때는 콩팥에 미세 출혈로 인한 Turkey Egg 사인이 보일 것 같다는 것을 서로 얘기했다. 부검 전에 우리가 얘기했던 것들이 맞을 때도 있었고, 어떤 경우에는 책에서만 봤던 것보다는 더 복잡한 것들을 보는 경우가 있었다.

가장 기억에 남는 케이스 중 하나는 급사한 개를 부검한 것이었다. 의뢰서에 나온 내용이 웃기면서도 슬픈 얘기였는데 7살의 수컷 도베르만이 '그리니즈'라는(우리 강아지도 매우 좋아한다.) 뼈 모양의 개껌을 보고 흥분해서 먹다가 그만 주인 앞에서 '급사'했다는 것이다. 간식을 먹다가 갑자기 내가 사랑하는 개가 앞에서 죽으면 얼마나 끔찍할지 상상이 되지 않았다. 어쨌든 간에 학생들과 레지던트는 급사의 원인에 대해서 토의를 했는데 우리는 크게 심장에 문제가 있다는 쪽으로 생각했다. 또는 간식이 기도를 막아서 그랬을 수 있다는 의견도 있었다.

내가 로테이션을 돌면서 봤던 급사는 심장 쪽 문제이거나 혈관이 막혀서 생기는 경우가 많았다. 예전에 응급 로테이션을 돌 때 갑자기 숨쉬기 힘들어하면서 하체가 마비된 개가 들어 왔었는데 너무 상태가 안 좋아서 안락사 됐었다. 그때 닥터가 "Seems like FCE"라고 말하자, 주변에 학생들이 다들 "Oh!"라면서 다들 아는 척을 했다. 난 그걸 처음 들어 보는 거라서 애들한테 뭐냐고 물어봤더니 엄청나게 긴 병명의 약자인데, 간단히 말하자면 척추 디스크에서 유래한 작은 조각이 혈관으로 유입되어 혈관을 막아서 생기는 아주 급성 질병이라고 한다. 아니, 너희는 도대체 그런 걸 어떻게 그렇게 잘 아느냐고 물었더니 응급의학 시간에 배웠다고 하더라. 나는 조용히 메모지에 FCE라고 적고 집에 가서 책을 찾아보았다. 다들 아는데 나만 모를 때 가장 부끄러우면서도 미국에서 공부하는 의미가 있다는 생각이 든다.

어찌 되었든 병원에서 '갑자기' 상태가 안 좋아져서 죽은 애들은 심장이나 순환에 문제가 있던 환자들인지라 도베르만의 갑작스러운 죽음도 심장과 관련된 질병일 것 같았다. 도베르만들이 특히 잘 걸리는 심장병 중에서 '확장성 심근병증(=DCM)'이라는 것이 있다. 심장은 하나의 큰 근육 덩어리인데 이 근육이 너무 얇아져서 수축력을 잃어 혈액순환이 잘 안 되는 중·대형견 사이에서 주로 발견되는 심장 질환이다. 이외에도 심장과 관련된 다른 질병들과 그날 의뢰받았던 다른 케이스에 대해 얘기한 후 우리는 부검실로 이동해서 그날의 할당량을 시작했다.

부검실로 들어갈 때는 만반의 준비를 해야 한다. 피와 오물이 튀기는 것이 다반사이기 때문에 부검실에 준비된 작업복을 입고 장화를 신어야 한다. 옷을 입은 후에는 연장을 챙겨야 하는데 각자에게 지급된 부검용 칼을 일단 최대한 날카롭게 갈아야 한다. 자동 칼 가는 기계가 있어서 그걸 이용하기도 하고 부검 중간중간에는 정육점에서 쓰는 쇠막대기 같은 거에 쓱싹쓱싹 해서 항상 칼을 날카롭게 해야 한다.

준비가 다 되면 천장에 달린 쇠줄이 주렁주렁 달린 도르래에 말이 매달려서 냉장창고(?)에서 부검실로 들어온다. 말 한 마리당 500kg 정도 되기 때문에 사체를 도르래에서 테이블에 내리기 전까지는 숙련된 테크니션만 그 옆을 따라 레일을 조작하면서 온다. 이윽고 말이 부검 테이블에 안착하면 말을 배정받은 학생들이 칼을 들고 달려들어 해체를 시작한다. 우선 앞다리와 뒷다리를 분리하고, 가죽을 드러내고, 자물쇠를 딸 때 쓰는 대형 절단기로 갈비뼈를 하나씩 뜯고 (자세한 과정은 생략하겠다.) 결과적으로 장기별로 해체해서 육안상 이상이 있나 확인하고 자그마한 샘플들을 하나씩 포르말린에 담아서 제출하면 끝난다. 이날 부검했던 말 같은 경우에는 사료 포대에 쓰는 긴 섬유질 같은 것들이 공처럼 동그랗고 아주 단단하게 뭉쳐서 장의 한 부분을 막아 죽었었다. 부검과는 별개로 예전에 티비 프로그램에서 방금 잡은 소고기를 보여 준 적이 있는데 근육이 진짜 춤을 추듯이 하늘하늘 계속 움직이던 게 기억이 난다. 말도 죽은 지 얼마 안 된 사체를 부검하면 근육이 찰랑찰랑 쉴새 없이 움직이는데, 그것을 볼 때마다 한국에서 먹었던 육회가 생각이 났다. 물론 모든 부검용 시체는 규정에 따라 소각한다.

이제 앞서 얘기했던 도베르만을 부검할 차례가 되었다. 개는 상대적으로 작아서 말이나 소보다는 빨리 끝난다. 아까보다 작은 부검용 테이블에 시체를 올린 다음 비슷한 순서로 각 장기를 분리하고 육안으로 확인했다. 아니나 다를까 심장벽이 눈에 띄게 얇아져 있는 것을 확인할 수 있었다. 불쌍한 우리의 도베르만은 간식이 너무 맛있어서 흥분했다가 혈액순환 장애로 인해 '심쿵사'한 것이다.

부검 로테이션의 가장 큰 이점은 교과서에서 글 또는 사진으로만 보던 것들을 두 눈으로 직접 확인하니 굳이 외우려 하지 않아도 공부가 되는 것이다. 교과서로만 '심장벽이 얇아진다.'를 외우면 이게 도대체 얼마나 얇은 건지 감이 안 오기 때문에 잊어버리기가 쉽다. 직접 부검을 통해서 보면 심장벽이 진짜 흐물흐물해질 정도로 얇은 것을 보고, '아, 이 정도면 진짜 심장근육 수축이 안 되겠구나!'를 느낄 수가 있다. 여기에 더하여 부검할 때 각 장기의 모습을 기억해 났다가 살아 있는 환자를 진단할 때 쓰는 X-ray, 초음파 등의 영상 진단 기계를 이용해 질병을 해석할 때도 부검할 때 그 장기가 어떻게 생겼는지 상상을 하면 훨씬 이해가 빨리 된다. 더불어 도베르만 케이스와 같이 환자가 죽음에 이를 때까지의 '스토리'를 공부할 수 있어서 기억에도 잘 남는 것 같다.

부검을 담당하는 대만 출신 병리 레지던트한테 "맨날 시체만 보는 게 좋으냐?"라고 물었더니, "보호자 상대하는 것보다는 편해."라는 대답을 들었다. 솔직히 사람 상대하는 게 무엇보다 제일 힘든 것 같다.

# 미국에서 길을 잃다

나는 미국에 오기 전 서울에 살 때는 지하철과 버스만 이용하는 뚜벅이였다. 하지만 미국에 오니까 차가 없으면 도저히 통학이나 일상생활이 불가능하기에 급한 대로 중고차를 사서 구글맵으로 필요한 곳을 다녔다.

어느 날 같이 수의대를 다니던 친한 형님이 공항 갈 일이 있는데 혹시 태워 줄 수 있느냐고 부탁을 했다. 수의대에 있던 유일한 한국인이고, 초반 정착할 때 나를 많이 도와준 분이기에 한 시간 거리에 있는 공항까지 태워 줄 수 있다고 망설임 없이 대답했다.

학교 일이 끝나고 오후 6시쯤 형님을 태우고 시내 쪽 공항을 향해서 차를 몰았다. 동네에서만 조금씩 운전하다가 너른 들판을 끼고 쭉 뻗어 있는 하이웨이를 타고 가니 스트레스도 풀리고 기분도 좋아졌다. 사람들이 왜 스트레스 풀 때 드라이브를 하는지 이해가 될 만큼 운전하는 게 재미있었다. 그런데 이상하게도 내 핸드폰의 구글맵이 정신 나간 것처럼 현재 위치를 못 잡고 갑자기 순간 이동한 듯이 이상한 곳에 내가 있다고 표시를 하는가 하면, 전혀 엉뚱한 방향으로 길 안내를 하는 것이었다. 급한 대로 형님의 핸드폰으로 구글맵을 켜서 길 안내를 했고, 나는 별로 심각하게 생각하지 않고 서남쪽에 있는 공항 쪽으로 차를 몰았다.

시내 쪽에 도착해서 태워 준 것에 대한 보답으로 꽤 괜찮은 멕시칸 음식점에서 화이타를 맛있게 먹고, 아웃렛에 들러서 형님이 선물 사는 거 구경도 좀 하고 나서 오후 9시에 형님은 공항에 들어갔고, 나는 다시 집으로 차를 몰기 시작했다. 이미 해는 지고 완전히 어두워진 때였다.

아… 근데 까맣게 잊고 있었던 문제가 나를 덮쳐왔다. 구글맵이 작동을 안 하는 것이었다. 시내 쪽에서 나올 때는 그나마 좀 작동하나 싶더니 조금 외곽으로 나와 하이웨이에 올라오니까 아까 올 때처럼 내 위치를 잡지 못하고 여기저기 순간이동 하듯이 맵이 여기 왔다 저기 갔다 하기 시작했다. 내 차는 오래된 중고차라 내장 GPS 내비게이션도 없기에 믿을 것은 오로지 구글맵밖에 없었는데 얘가 방향감각을 상실한 것이었다.

아직 미국에 온 지 2개월밖에 안 됐을 때였고, 시내에서 집 쪽으로 운전해 본 것은 이때가 처음이었기 때문에 도무지 어떤 도로를 타고 가야 하는지 감이 안 잡혔다. 게다가 밤 운전은 시야가 좁아지고 어디가 어딘지 방향감각도 무뎌지기 때문에 길을 찾기가 힘들었다. 하이웨이를 타면서 핸드폰 거치대에 있는 핸드폰을 리셋도 해보고 집으로 가는 구글맵을 재검색도 해 봤지만, 무용지물이었고 운전에 익숙하지도 않은 내가 자꾸 핸드폰에 신경을 쓰니 위험할뻔한 상황도 생겼다. 도로 안내 표지판에는 내가 사는 동네는 없고 주요 동네의 방향만 있었고, 어둠 속에서 갈림길마다 4개씩 붙어 있는 안내판에 뭐가 쓰여 있는지 혼자 운전하면서 보려니까 뭐가 뭔지 읽히지도 않았다.

갑자기 불안감이 엄습했다.

어두운 차 안에 방향을 잃고 홀로 이 세상에 나 혼자 뚝 떨어진 기분이었다. 넓디넓은 한밤의 광야에서 핸드폰은 신호도 제대로 안 잡혀서 무용지물이고, 어둠이 깔린 채 쭉 뻗은 적막한 도로는 막막하게만 느껴졌다. 아까 올 때는 쭉 뻗어있는 하이웨이를 따라 일직선으로 계속 온 것 같았지만 돌아가려고 보니 하이웨이끼리 엇갈리는 구간이 한두 개가 아니었다. 내가 지금 동서남북 어디로 가는지 가늠조차 잘되지 않았다. 동서남북 어느 하나라도 잘못된 방향으로 갔다가는 나는 정말 집에서 더 멀어지고 있을 수도 있었다. 앞으로 어떤 일이 생길지 모른다는 막막함은 불안감을 넘어 점점 공포가 되어 갔다.

일단 하이웨이에 계속 있으면 안 되겠다 싶어서 출구로 빠져서 어느 동네로 들어갔다. 그 동네는 군데군데 철조망 쳐진 집들이 있고 그냥 황량한, 마치 『워킹데드』 배경에 나올 법한 동네였다. 눈에 보이는 꽤 큰 주유소에 가서 차를 댔다.

"하, 망했다…."라는 말이 절로 나왔다.

어느덧 밤 10시였고, 그 당시 내가 아는 미국은 밤에 총 든 강도가 편의점을 급습하는 그런 이미지였던 터라 차 안에 있으면서도 무서웠다. 내가 있던 오클라호마는 거의 모든 차에 총이 있다고 보면 된다. 게다가 『텍사스 전기톱 사건』 같은 영화도 머리에 막 떠오르면서, 여기 있는 사람한테 괜히 길 물어봤다 쥐도 새도 모르게 사라질 수 있다는 망상까지 들면서 혼자 끙끙댔다. 실제로 내가 오기 한 해 전에 이 지역 하이웨이에서 고장 난 채로 서 있는 자동차만 골라서 운전자를 살해한 연쇄 살인마가 경찰에 검거되었던 일이 있어서 터무니없는 망상만은 아니었다.

핸드폰은 여전히 먹통이었고 주유소에 와이파이가 될 리도 없었다. 학교에 그 형님 말고는 딱히 친한 사람도 없어서 도움을 청할 곳도 마땅찮았다. 지금 생각하면 주변 맥도날드라도 들어가서 와이파이로 지도 같은 거라도 다운받으면 됐겠지만, 그때는 계속 구글맵만 조작하는 소용없는 짓을 반복했다.

"침착하자, 침착하자." 혼자 중얼거렸다.

혼자 운전하느라 자세히 보지 못했던 구글맵을 집중해서 들여다보니 미친 듯이 위치가 왔다 갔다 하긴 해도 그 범위가 1km를 벗어나는 것 같지는 않았다. 구글맵을 확대, 축소하면서 일단 굵직한 하이웨이를 머릿속에 넣어두고 내 집과 방향이 비슷한 큰 도시 쪽으로 도로 안내판을 보며 가자는 생각이 들었다. 동네에서 빠져나와 다시 하이웨이를 타기 시작했다. 그러고서 도로 안내판을 보며 내 집에서 그나마 가까운 큰 도시를 향해 계속 가기 시작했다.

1시간을 계속 동쪽으로 달렸다. 아까 구글맵에서 봤던 굵직한 하이웨이의 분기점이 나왔고, 나는 큰 지도를 머릿속으로 그리면서

'올 때 남서쪽으로 왔으니 갈 때는 북동쪽으로 가야겠구나.' 생각해서 북쪽으로 하이웨이를 타고 다시 달렸다. '가다 보면 나오겠지.'라는 생각으로 계속 하이웨이를 달렸다.

달리다 보니 웬 톨게이트가 나왔다. 톨게이트 첫 번째 칸은 동전을 넣는 무인형, 다른 쪽은 사람이 일하는 톨게이트였다. 밤 11시인데도 사람이 있다니!!! 너무너무 기뻐서 톨게이트에서 일하는 아주머니한테 내 동네는 어느 쪽으로 가야 하는지 물어봤다. 아주머니는 남부식 엑센트로

"Go straight North, and then turn west to road No.5. You ain't gonna miss it."라고 말했다.

너무 기쁜 표정으로 "Thanks Ma'am!"이라고 대답하는 내 모습이 그 아줌마에게는 어떻게 보였을지 모르겠다. 어느 방향으로 가야 하는지 확신이 드는 순간, 비록 그 길이 농장 사이를 달리는 비포장길이었음에도 이제 전혀 걱정되지 않았다. 그리고 비로소 내가 사는 동네가 도로 표지판에 뜨기 시작하자 조용한 밤 들판 사이를 홀로 드라이브하는 고즈넉한 분위기도 잠깐 느낄 수 있었다.

우여곡절 끝에 밤 12시 좀 너머서 집에 도착했다. 별로 특별할 것도 없던 학교 아파트가 나에게 이렇게 소중한 존재인 줄 몰랐다. 잠시나마 그 미국 큰 어딘가에 홀로 내던져져 있던 긴장감이 풀리면서 바로 침대에 곯아떨어졌다.

그다음 날 지도를 보니까 내가 온 길은 시내로부터 빙 둘러서 오는 길이었다. 그리고 하이웨이 사이 간격이 멀어서 그렇지 번호와 방향만 제대로 보면서 오면 지도상으로는 크게 복잡한 길은 아니었다. 다행인지 뭔지 지

금은 매뉴얼로 지도 보는 데 꽤 자신이 생겼다. 하지만 그날 밤, 길을 잃고 헤매던 때 느꼈던 공포와 고독은 영원히 잊을 수가 없을 것 같다. 내가 여기서 흔적 없이 사라져도 아무도 모를 수 있겠다는 생각을 그때 불현듯 하기도 했다. 연고도 없이 타지에 온 나는 믿을만한 가족도 친구도 없이 철저히 혼자라는 것을 그날 밤의 하이웨이에서 비로소 실감했다.

그리고 다음 날 바로 통신사를 바꾼 후로 도시 외곽에서 길을 잃는 일은 없어졌다.

# 🖋 소동물 로테이션

## ∴ 중환자 입원실

　서울대 수의대 로테이션도 미국 수의대 로테이션과 동일하게 본과 3학년 12월 말부터 방학 없이(대신 휴가가 5주 있다.) 다양한 병원 내 진료과, 진단과 및 외부 실습을 나간다. 하지만 미국과 한국 수의대의 가장 큰 차이점은, 'Hands-on experience'인 것 같다. 한국 본과 4학년을 다닐 때는(몇몇 과를 제외하고는) 주로 어깨너머로 대학원 수의사 선생님들이 어떻게 하시는지 보는 시스템이었다. 하지만 미국에서는 본과 4학년 학생이 직접 보호자를 상담하고, 환자 치료에 대한 계획을 세우고, 약을 주고, 퇴원까지 시키는 책임 임무 제도이다. 물론 인턴, 레지던트가 본과 4학년생의 말도 안 되는 플랜을 수정해 주기는 하지만, 우선은 본과 4학년생이 환자에 관한 업무를 책임지고 해야 한다.

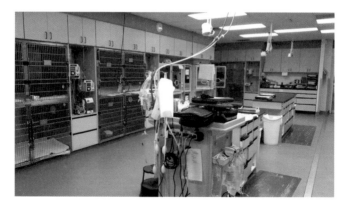

Figure 20. 소동물 중환자 입원실

미국 수의대 로테이션 중에는 '중환자 입원실'에서 3주를 보내는 로테이션이 있다. 각 과에서 입원이 필요한 환자를 모아 놓은 입원실에서 3주간 환자 케어를 도맡아 하는 역할이다. 7 a.m.–5 p.m., 4 p.m.–1 a.m., 12 a.m.–9 a.m.의 3교대로 운영이 되고, 한 주씩 자기에게 해당하는 시간에 맞춰 입원실에서 일하면 된다. 야간 근무일 때 응급 환자가 들어오면 서포트하는 역할도 맡아야 한다. 나는 예전에 간호사나 의사들이

"화장실 갈 시간도 없이 일해야 해요."라고 하시면

'화장실 갈 시간도 없을 수 있나?'라고 생각을 했다.

근데 그게 실화라는 걸 알았다. 환자 케이지에는 근무 동안 매 시간 각 환자에 대해서 해야 하는 처치, 약 주기, 물리치료 같은 것이 빼곡히 적힌 'Flow Sheet'라는 것이 있다. 바쁠 때는 학생 한 명당 6마리의 환자를 맡는데, 예를 들어 10 a.m.에 적힌 일들을 첫 번째 환자부터 하기 시작한다.

일단 약 먹이기(주사약은 간단하게 찌르기만 하면 돼서 빨리 끝난다.)부터가 보통이 아니다. 사람은 그냥 알약 주고 "이거 드세요." 하면 알아서 잘 먹는다. 하지만 개나 고양이는 맛도 없는 이상한 딱딱한 덩어리를 절대 그냥 먹지 않는다. 그러면 알약을 맛있는 간식 사이에 끼워서 준다. 먹성이 좋

은 아이들은 간식 속에 약이 있는 줄도 모르고 냠냠 잘 먹는다. 그러면 금방 일 처리가 끝나고 다음 처치로 넘어가면 된다. 하지만 대다수의 경우 아픈 상태에 있는 아이들은 식욕이 없다. 맛있는 닭가슴살, 통조림 등에 섞어 줘도 쳐다도 보지 않는다. 약삭빠른 놈들은 맛있는 것만 먹고 알약은 톡 뱉는다. 그러면 생각을 해야 한다. 어떻게 알약을 줘야 할지. 알약을 주는 정석적인 방법은 개의 입을 열고 알약을 목구멍 가까이 깊숙이 넣고, 입을 다물고, 코를 훅 불면서 목을 쓰다듬어 주면 개가 당황하여 꿀떡 삼킨다. 작고 말 잘 듣는 애들의 경우에는 나름 괜찮다. 하지만 말라뮤트, 도베르만, 셰퍼드, 말레노이즈, 그레이트데인 같은, 물리면 내 얼굴이 반쯤 날아갈 것 같은 애들한테 입을 벌리고 손을 집어넣어서 알약을 주라고? 굳이 내 손가락을 희생하면서까지 알약을 주고 싶지는 않다는 생각이 든다. 그러면 이제 마지막 방법으로 알약을 가루로 만들어서 물에 개어서 주사기에 넣은 다음 입안으로 쏘아 넣는 방법을 쓴다. 액체 상태인지라 손실이 조금은 있지만 나를 보호하면서 약을 줄 수 있기 때문에 마지막 방법으로 쓴다. 친화성 좋은 고양이들은 처음엔 나에게 '야옹야옹' 하면서 다가오지만 이내 물약 주사기 한번 먹고 나면 그다음부터는 발톱을 세운다.

약 먹이기가 끝나면 똥오줌 싼 아이들은 패드를 갈아주면서 얼마나 쌌는지 무게를 달고 그 성상이 어떤지 기록해야 한다. 자발적으로 오줌을 못 싸는 아이들은 초음파로 방광을 확인해서 방광이 꽉 차 있으면 손으로 방광을 눌러서 오줌을 누게 한다. 수술받은 아이들은 절개부위에 얼음팩을 대서 냉찜질을 해 줘야 한다. 어떤 아이들은 연결해 놓은 수액 줄을 입으로 물어뜯어서 피투성이가 된 채로 좋다고 헉헉대고 있다. 환자 6명을 맡았는데 한 마리당 10분 정도씩 시간이 소비되면 금방 1시간이 지나가고, 그러면 11 a.m. 처치를 다시 각 환자에 대해서 시작해야 한다. 점심이나 저녁은 입원실 구석에 서서 먹는 날도 많다(중환자실에는 이상하게 의자가 없다.). 첫주에는 어리버리하다가 나름 익숙해지면 손에 익어서 빨리빨리해서 10분 정도 쉬는 시간이 생기기도 한다.

Training을 받는 와중인 본과 4학년생들이 환자 약을 주는 것이 괜찮은 걸까?(약을 주기 전에 Supervisor에게 검사를 받긴 한다.)

내가 입원실 첫날 근무 때 정신없이 일하는 와중에 진통제를 줘야 하는 환자가 있었다. 각 환자 입원 케이지 옆에는 서랍이 있는데 거기에 약들이 들어있다. Flow Sheet 지시사항대로 나는 약통에서 진통제를 네 알 들고 Supervisor에게 환자 약을 확인받고 주려고 했다. 그런데 내가 들고 간 네 알의 약은 진통제가 아닌 그 환자가 먹는 항생제였다.

처방 약통들은 비슷하게 생겼고, 나는 그중에서 내가 줘야 하는 약이랑 이름이 비슷하게 쓰인 약을 생각 없이 네 알 들고 가서 검사를 받은 것이다.

순간 아찔했다.

복용량이 전혀 다른 항생제를 생각 없이 네 알 줬을 때 나는 이 환자를 살리는 게 아니라 다른 부작용을 낳게 할 수도 있었던 것이다. 예전에 어떤 기사에서 동물병원 착각으로 멀쩡한 환자에게 안락사 약을 주입했다는 기사를 본 적이 있다. 그 기사를 읽었을 때는

"이 수의사 이거 미쳤네."라고 생각했지만,

내가 그 짓을 할 수도 있었던 것이다. 중환자 입원실 로테이션을 시작하기 전에 다 같이 모여서

"약을 줄 때는 해당 환자, 용량, 투여 경로 확인하고 주자!"

라고 다 같이 복면 복창 3번씩 했는데 나는 실전에서 황당한 실수를 할뻔한 것이다.

등골이 서늘하고 나에 대해 자괴감이 들었다. Supervisor는 로테이션 초반기에 나 같은 실수를 하는 학생이 많고, 그것을 학교에 있는 동안 제대로 된 습관을 들이기 위해 이 로테이션을 하는 것이라고 말했다. 학교이기에 나를 감독하고 교정할 사람이 있었지, 나 같은 어리버리가 바로 일을 시작했으면 잘못된 약을 주고도 몰랐을 것 같다는 생각이 들었다. 입원환자실 로테이션을 도는 동안 책에서만 보던 약이 실제로 어떻게 생

겼는지, 어떤 투여 경로인지, 얼마나 줘야 하는지에 대한 감을 익힐 수 있었다.

실수할 수도 있는 본과 4학년 학생들에게 일을 맡기는 시스템이 좋은 건지는 의견이 분분하다. 학생과 미래 고용주 입장에서는 어느 정도 준비된 수의사들이 배출되니까 좋겠지만, 환자와 보호자 입장에서는 좀 불안할 수 있다(환자는 아무 생각이 없겠지만).

인턴과 레지던트 입장에서는 자기가 얼른 해 버릴 일을 본과 4학년생이 맡아서 하면 일일이 설명해 줘야 하고 귀찮기도 할 것이다. 하지만 어차피 수의대를 졸업하고 수의사로 일할 사람들이라면 처음 배울 때 제대로 된 환경, 제대로 된 Instructor들한테 배워야 졸업 후 로컬병원에서 일을 시작할 때 제대로 할 수 있지 않을까 싶다.

동물병원에 취업해서 일을 시작하면 나를 붙잡고 가르쳐 줄 사람은 없으니까!!!

## ∵ 응급당직

로테이션을 도는 동안 수의대생들도 일과가 끝나면 당직을 서야 하는데 응급 당직 보조, 격리실 당직, Back up 같은 임무가 주어진다. 응급 당직 보조의 경우에는 인턴 선생님을 도와서 당일 5 p.m. 익일 8 a.m. 까지 응급실에 오는 환자들을 치료해야 한다. 당직 보조를 맡으면 응급실로 걸려오는 전화 받기, 환자가 내원하면 보호자 문진하기 그리고 위급한 상황이 아니면 환자를 검사해서 인턴 선생님에게 어떤 문제가 있고, 무엇을 해야 하는지 브리핑해야 한다.

언뜻 드는 생각과는 달리 응급케이스에서 가장 힘든 건 다름이 아니라 '영어'이다. 보통은 보호자가 응급실에 전화를 먼저 하고 오는데 응급실에 울리는 전화기를 드는 순간 갑자기

"My dog is suddenly vomiting and #$&^%## blah blah"

라고 하는 영어가 속사포 랩처럼 쏟아져 들어온다.

나도 토플 리스닝은 항상 다 맞을 정도로 리스닝은 크게 문제가 된 적이 없지만, 마음이 급한 백인 여성이 말하는 것은 당최 따라잡기가 힘든 경우가 많다. 토플 리스닝은 룰이 잘 짜여진 링 위에서 같은 체급끼리 싸우는 것이라면 응급 리스닝은 아무 룰이 없는 정글에서의 싸움이다. 지금 생각해 보면 토플 리스닝에서는 교수님이 학생들에게 제발 알아들으라고 친절하게 하나하나 신경 써서 발음해 줬던 것이다. 속사포 랩 속에서 우선 키워드를 캐치한 다음 말이 끝나면 하나씩 확인하면서 확인을 해야한다. 알고 보면 별일 아닌 경우도 있지만, 당황한 보호자들은 어쨌든 말이 정말 빠르다.

미국은 사람이나 동물이나 의료 서비스를 받으려면 많은 돈을 지불해

야 해서 응급실에 걸려오는 대부분 전화는

"How much is the emergency fee?"인 경우가 많다.

그리고 보호자들은 웬~만하면 할증이 붙는 응급실을 오고 싶어 하지 않기 때문에

"My dog is ~~. Does he need to go to the hospital?"라고 나한테 물어본다.

정말 위중한 일이어서 당장 병원에 와야 하는 일이 아닌 이상 매뉴얼 대로 보호자가 알아서 판단하라고 한다. 응급실을 와야 하는 아이들은 누가 봐도 금방 넘어갈 것 같기 때문에 올까 말까 망설이는 보호자들은 보통 그다음 날 내원하는 경우가 많다.

어쨌든 내 첫 응급당직보조를 맡았을 때이다.

나는 한국 응급실에서 일해본 경험이 없어서 무척 긴장되었다. 5 p.m. 에 일과가 끝난 후 응급실에 와서 인턴 선생님과 인사를 한 후 5분이 지났을까. 병원 내 방송으로 응급실을 호출하는 소리가 들렸다. 인턴 선생님과 서둘러 로비에 나갔더니 송아지만 한 개가 주인의 품에서 코와 입으로 피를 쏟아내고 있었다. 그 옆에는 어쩔 줄 몰라하며 울고 있는 아주머니가 있었다.

그 개의 입에서는 피가 줄줄 흘러내렸는데 내 생애 피를 그렇게 많이 흘리는 동물은 처음 봤다. 우선 인턴 선생님이 카트에 개를 실어서 처치실로 데려갔고, 나는 재빨리 보호자 문진을 했다. 보호자 말에 따르면 그 전날 새벽에 코에서 약간 피가 나와서 근처 동물병원에 갔는데 오늘 갑자기 피가 걷잡을 수 없이 많이 나와서 대학병원으로 왔다고 했다. 아주머니는 연신 "My baby~"라면서 훌쩍거렸는데 그 송아지만 한 개는 44kg의 7개월 된 그레이트 데인이고 이름이 Baby였다. 간단히 문진을 받아 적은 나는 처치실로 갔다.

로비부터 처치실로 가는 길바닥에는 핏자국이 이어져 있었다. 처치실에 와 보니 40kg의 송아지만 한 강아지(?)의 코에서는 숨 쉴 때마다 피가 분무기처럼 뿜어져 나왔고 입을 벌릴 때마다 붉은 피를 카트 아래로 토해냈다. 내과 레지던트 선생님, 인턴 선생님, 간호사들이 너나 할 것 없이 다들 분주하게 움직였고, 학생들은 강아지를 보정하느라 옷에 피를 다 묻히고 있었다. 몸부림치는 40kg의 개에게서 피를 뽑고 정맥 카테터를 연결하기 위해 개의 머리, 몸통, 엉덩이 쪽에 학생들이 하나씩 붙어 있었다. 전쟁 영화에서 부상병을 이송해 왔을 때의 모습처럼 처치실은 피비린내가 나는 아수라장 같았다. 피를 토하는 환자를 치료하기 위해서는 우선 원인부터 알아야 하는 것은 당연지사.

이때 증상에 따른 가능성 있는 원인을 '감별 진단'이라고 하는데, 인턴이 나를 보자마자 그것을 물어보리라는 것을 알면서도 너무 정신이 없어서 머릿속에 아무 생각도 들지 않았다. 예상대로 인턴은 처치하면서도 나

를 보자마자

"What's the differential diagnosis?(=감별진단이 뭐야?)"라고 물었다.

피를 토하는 여러 가지 질병에 대한 것을 공부했고 시험도 봤지만 이렇게 피를 많이 토하는 개가 막상 내 눈앞에 있으니 아무것도 떠오르지 않았다. 내가 떠올린 혈액 응고 장애는 이렇게까지 심하게 출혈을 일으키는 것들이 아니라서 뭐라고 대답해야 할지 입이 떨어지지 않았다. 그 와중에도 내과 레지던트와 인턴은 진료의 가닥을 잡고 Procedure를 하나씩 밟고 있었다. 마지못해 머릿속에서 *끄집어낸* 것이 '선천성 혈액 응고 장애'였다. 예전 입원실 Rotation 때 선천성 혈액응고장애로 입에서 연신 피를 흘리던 고양이가 떠올랐기 때문이다.

인턴은 피식 웃으면서

"Did you ask the owner about the rodenticide?(보호자한테 쥐약에 관해 물어봤니?)"라고 말했다.

'아차!' 순간 누가 내 머리를 탁하고 때리는 것 같았다.

쥐약은 학부 때부터 급성 혈액 응고 장애를 일으키는 대표적인 독소라고 임상 병리 시간에 몇 번이고 배웠던 독극물이다. 원인 물질, 생체 내 화학적 반응, 치료법까지 책에 밑줄을 그으면서 외웠고, 수의사 국가고시, 미국 수의사 필기시험 등 각종 시험에 단골로 나오는 문제였다. 하지만 나는 정작 피를 토하는 환자를 앞에 두고도 그것을 떠올리지 못하는 우를 범하고 말았다.

마치 낫 놓고 기역 자 모르는 사람처럼.

나는 재빨리 다시 보호자에게 가서 집 주위에 쥐약을 풀어났느냐고 물었다. 보호자들은 자기 집은 농장이어서 예전에 쥐약을 풀어 놓은 적이 있다고 했다. 호기심 많은 7개월 된 강아지는 그중에 하나를 집어 먹은 것이다. 그런데 문진을 하는 와중에 방송으로 또다시 응급실 팀을 호출하는 소리가 들렸다.

보호자에게 양해를 구하고 로비로 나갔더니 이번에는 어떤 가족이 타올에 고양이를 한 마리 안고 서 있었다. 고양이는 숨을 가쁘게 쉬고 있었고 아이들은 엄마 옆에서 훌쩍이고 있었다. 인턴 선생님이 고양이를 처치실로 데려갔고, 나는 간략하게 보호자 문진을 했다. 아주머니 말에 의하면 집에 돌아왔더니 고양이가 구석에서 벌벌 떨고 있었고 근처 동물병원에 데려가서 엑스레이를 찍었더니 교통사고를 당한 것 같다면서 얼른 대학병원으로 보냈다고 했다.

(미국 고양이들은 집 안팎을 자유롭게 돌아다니는 애들이 많다.)

보호자가 준 엑스레이가 들어있는 USB를 들고 처치실에 돌아왔더니 인턴 선생님이 나보고 고양이의 가슴을 청진해 보라고 했다. 보통 동물의 가슴을 청진하면 숨소리가 '쌕~쌕~' 하고 숨 쉬는 소리가 난다. 그런데 이 고양이는 가슴에서 '꼬르륵~꼬르륵' 하는 소리가 나는 것이었다.

"What do you think?" 인턴이 말했다.

나는 이번에는 감을 잡았다. 고양이 가슴에서 나는 소리는 예전에 입원실에서 차에 치였던 개의 가슴에서 나는 소리였다!

"I think it's traumatic diaphragmatic hernia(횡격막 손상으로 인한 탈장)"이라고 답했다.

인턴은 엄지 척하면서 "You nailed it!"이라고 했다.

동물의 가슴과 배 사이에는 둘 사이를 가로지르는 횡격막이라는 근육으로 된 막이 있다. 교통사고와 같은 상황에서 큰 충격을 받으면 가슴과 배를 구분 짓는 횡격막이 찢어지면서 배에 있던 소화 장기가 가슴으로 치고 올라가는 것이 '횡격막 손상으로 인한 탈장'이다.

보호자가 동물병원에서 찍었던 엑스레이를 보니 예상대로 배에 있어야 할 위와 소장이 찢겨 진 횡격막을 뚫고 폐가 있는 공간까지 올라가 있었다. 그리고 뒷다리도 산산조각이 나 있었다. 애석하게도 고양이는 수술팀이 오는 동안 산소 케이지에서 숨이 멎었다. 고양이를 타올에 감싸서 보호자 상담실로 데려갔고 가족들은 갑작스러운 고양이의 죽음 앞에 너무나 서럽게 울었다. 손 써 볼 틈도 없이 무지개다리를 건넌 고양이 앞에서 나는 망연자실하게 응급실로 돌아갔다.

다행히 피를 토하던 강아지는 혈액 수혈을 받고 해독제를 맞은 후 상태가 많이 호전되었다. 그 날은 12시까지 더 이상의 환자는 들어오지 않았고 인턴 선생님은 나더러 환자가 오면 부를 테니 집에 가서 자라고 했다.

'나는 역시 하급 닌자구나.'라는 것을 느끼면서 터벅터벅 집에 돌아갔다.

피를 토하던 강아지는 당분간 입원 치료를 받아야 했고, 입원 동안 강아지의 관리는 나의 몫이었는데 워낙 입으로 아무것도 먹기 싫어해서 약 먹이기가 참 힘들었다. 목에 피떡이 차 있으니 먹기 싫을 만도 하겠지. 강아지는 숨 쉴 때마다 코와 목에 있는 피떡 때문에 '그르렁 그르렁' 소리를 내었는데 가끔은 내가 약을 억지로 먹이는 것 때문에 화가 나서 으르렁거리는지 분간이 잘 안 갔다. 쫄보인 나는 40kg짜리 그레이트 데인에게 절대 물리고 싶지 않아서 그럴 때는 잠시 자리를 피했다가 다시 돌아와서 약을 먹였다. 그리고 매일 보호자에게 전화해서 그날 'Baby'의 상태에 대해서 말씀드렸는데, 아주머니는

"Baby는 나에게 자식과도 같은 아이예요. 제발 잘 치료해주세요."라고 나에게 부탁했다.

3일의 입원 동안 Baby는 상태가 많이 나아져서 퇴원했다. 강아지를 데려가면서 주인아줌마, 아저씨는 연신 나에게 "Thank you."라고 했다. 사실 내가 한 것은 내과 레지던트의 지시에 따라 약 먹이고 오줌, 똥 누이러 산책한 것밖에는 없지만 뭔가 보람찬 일을 한 것 같아 뿌듯했다.

책을 통해 질병을 공부하고 치료법을 외울 수는 있지만, 그것을 실전에서 써먹을 수 있는지는 전혀 다른 얘기인 것 같다. 옛말에 '아는 만큼 보

인다.'라는 말이 있는데 나는 이것을 '경험한 만큼 보인다.'라고 말하고 싶다. 영특한 사람이라면 책에서만 봤던 것이라도 현실에 바로 대입하여 대응할 수 있겠지만, 나 같은 일반인은 경험을 통해서 하나하나 익히는 것 같다. 책을 통해 공부할 때는 내가 직접 맞닥뜨릴 상황에 대한 분위기, 압박, 초조함이 전혀 반영되어 있지 않다. 큰 개가 난리 통 속에서 피를 토하고 보호자가 울고 있는 상황 속에서 나는 머릿속에 있던 지식을 꺼내지 못했다(거기다가 영어로 모든 의사소통을 해야 한다면). 그래서 경험이 중요한가 보다. 많은 케이스를 접하고, 그러다 보면 머리보다 손이 더 빨리 움직이는 그 날이 오겠지. 학생들을 직접 병원의 Staff으로(보조일지언정) 참여시키는 미국 수의대의 시스템은 학생들로 하여금 더 많은 케이스를 볼 수 있게 한다는 점에서 좋은 것 같다.

그다음 날 미국 학생들이 나에게 와서


"I heard you got a cool case!"


라면서 신기해했다(얘네도 쥐약 케이스 처음 봤음.). 아마 나중에 한국에 돌아가서 수의사를 해도 쥐약 먹은 애는 없겠지만(도시니까), 책에서만 보던 것을 실제로 봤다는 귀중한 경험이 생겼다.

## ∵ Community Practice Rotation

미국 수의과대학에는 가정의학과와 비슷한 독립된 부서가 있다. 말 그대로 일반 1차 동물병원에서 하는 백신 접종, 간단한 피부 진료, 중성화 수술, 스케일링 등을 담당하는 과이다. 솔직히 한국 대학병원에 절대 이런 과가 있을 수 없는 이유는 대학병원에서 백신 접종을 한다고 했다가는 주변 동물병원에서 골목상권 침해라면서 학장님 전화에 불이 날 것이기 때문이다. 미국은 워낙 동물병원이 드문드문 있고 태곳적(?)부터 수의과대학에 가정의학과가 있다 보니 그냥 당연한 거라고 인식이 되어 있다. 내가 미국 애들한테

"Hey man~ 대학병원에서 일반 진료하면 주변 동물병원에서 뭐라고 안 하냐?"라고 물어봤더니

"음…. 여기 주위 동물병원들은 다 그거 감수하고 개업한 거야."라고 했다.

한국은 좁은 면적에 동물병원이 밀집해 있다 보니 경쟁이 정말 치열하지만, 여기는 그 정도는 아닌 듯하다. 어쨌든 가정의학과 로테이션을 돌면 본과 4학년 학생이 먼저 진료실에 들어가서 보호자와 환자를 평가한 후 상주 닥터에게 가서 어떤 문제가 있고 어떻게 진료를 해야 하는지 보고 해야 한다. 보호자가 기생충 약과 백신을 최대한 스케줄에 맞게 구매하도록 설득하는 역할도 학생들의 몫인데, 이전까지는 치료 프로토콜만

외웠지 가격에 대한 생각은 전혀 안 하고 있다가 이제는 항목당 가격을 고려해서 치료방향을 제시해야 하는 과제가 생긴 것이다.

'돈'이 치료에 개입되는 순간 학생 때 알던 것과는 꽤 많은 것들이 달라진다. 본과시절 교과서를 펴서 어떤 질병을 찾으면 그 질병을 바닥까지 파헤치도록 온갖 최신 진단법이 쭉 나열되어 있고 우리는 그것을 무제한으로 쓸 수 있다고 생각하며 프로토콜로 외웠다. 한국은 다른 나라에 비해서 동물병원에 CT나 MRI가 많이 보급되어 있지만, 미국 같은 경우 X-ray가 최선인 곳이 아주 많다. 그래서 Clinician이 강의할 때에도, 어떤 때는

"최신장비를 갖춘 병원이 차로 3시간 거리에 있다고 할 때, 네가 지금 병원에서 할 수 있는 가장 최선의 진단법과 치료는 뭐야?"라고 묻는다.

하긴 미국은 워낙 땅이 넓고 대부분 수의사는 General Practice에서 제한된 도구로 처치를 해야 할 것이기 때문에 학생 때부터 그런 상황을 고려하도록 주문하는 것 같다. 그리고 자원이 제한된 상황에서 행할 수 있는 처치의 가장 끝에는… 항상 안락사라는 옵션이 기다리고 있다.

사람을 치료하는 것과 동물을 치료하는 것에는 많은 차이가 있지만, 그중에서도 가장 큰 차이는 안락사가 아닐까 한다. 현재 세계 몇몇 국가에서 사람에 대한 존엄사가 인정되고는 있으나 보편적이지는 않다. 미국 수의사협회 가이드라인에 제시된 안락사가 지시되는 경우는, 요약하자면

'If the animal is harmed more by its continued life than its death.'이다.

더 이상의 치료법도, 진통제도 듣지 않아서 극심한 고통을 지속적으로 느끼면서 삶을 연명해야 한다면 차라리 죽음으로써 고통을 덜어주는 게 낫다는 지극히 인간의 관점에서 본 대안이 '안락사'인 것이다. 보호자의 삶의 질 또한 환자의 안락사를 고려하게 되는 하나의 요소가 된다. 노령성 질환으로 인해 뚜렷한 치료법이 없는 반려동물을 간호하기 위해 간혹 자기의 삶이 피폐해지고 망가질 정도로 반려동물에 지극 정성인 보호자들이 있다. 이 경우에도 수의사는 조심스럽게 안락사를 보호자에게 권유한다.

그렇다. 안락사는 지극히 인간의 관점에서 택하는 치료법인 것이다.

그렇다면 동물의 편에 서서 그들의 행복과 안녕을 책임져야 하는 수의사가 이렇게 '인간'의 관점에서 다른 생명체의 생명을 뺏는 것이 옳은 것일까? 그 질문을 예전부터 갖고 있던 나는, 완벽하진 않지만 적어도 그것을 정당화할 수 있는 해답을 학교 구석탱이에서 얻을 수 있었다. 서울대 수의대 중앙계단에는 수의사가 지향해야 하는 직업 강령이 작은 액자에 존재감 없이 걸려 있다. 정확한 구절은 기억이 안 나지만, 대략 이런 구절이었다.

'수의사는 인간의 복지 증진을 위하여, 동물의 건강과 복지증진에 기여해야 한다.'라는 것이다.

수의사는 마냥 동물의 입장에서 동물의 건강만을 위하여 일하는 줄 알았던 나에게, 구석에 조그맣게 있던 저 구절은 꽤 신선한 충격으로 다가왔다.

그렇다. 동물의 고통을 덜어주자는 것이 명목이긴 하지만 결국 안락사는 '인간'의 관점에서 내리는 마지막 처치인 것이다. 자녀의 대학등록금과 반려동물의 수술비를 고르라 하면 대부분 보호자는 자녀 등록금을 선택하게 되는 현실을 이제는 마주해야 한다.

내가 가정의학과 로테이션에 있던 1주차에 기관 및 기관지 허탈이 있는 치와와를 담당 환자로 맡았다. 기관 허탈이란 숨을 쉬는 통로가 좁아져서 숨을 제대로 쉬지 못하는 병인데, 이 환자는 약용량 최대치를 먹으면서 겨우 숨을 쉬고 있었다. 의료기록을 보니 치와와는 만성적으로 기관 허탈을 앓고 있어서 오랫동안 약물치료를 받고 있었다. 어쨌든 치와와는 간단한 신체검사를 받고 이전에도 그랬듯이 약을 타 갔고 나는 다음 보호자들에게 약을 파느라 치와와는 기억에 크게 남지 않았다.

가정의학과를 돌던 2주차에 덩치가 나보다 크고 성격이 꽤 와일드하던 여학생이 갑자기 울면서 회의실로 들어오더니 가방을 싸기 시작했다. 여학생은

"This is not me, but I really can not take it."

라고 중얼거리더니 집에 갔다. 어안이 벙벙하던 우리에게 다른 학생이 말하길, 그 여학생이 담당하던 환자가 갑작스러운 질병 악화로 조금 전에 안락사 되었다고 했다. 가뜩이나 그 여학생은 새벽 응급 당직으로 피

로하던 차에 자기가 맡던 환자가 안락사 되어서 Burn-out 된 것 같다고 상주 닥터가 말했다. 모두 언젠가는 본인에게 닥칠 일이기에 그냥 묵묵히 하던 일을 했다.

가정의학과에 있은 지 3주차에 원내 방송으로 나를 찾는 소리가 들렸다. 로비에 가 보니 첫주에 왔던 기관 허탈 치와와가 와 있었다. 치와와는 한눈에 봐도 숨을 매우 힘들게 쉬고 있었는데, 갈비뼈와 복부에 있는 근육을 전부 짜내서 겨우겨우 숨을 쉬고 있었다. 일단은 인턴 선생님과 함께 치와와를 응급실로 데려가서 응급처치 후, 산소 케이지에 넣어 놨다. 진료실에 가 보니 상주 닥터가 보호자와 상담을 하고 있었는데, 보호자는 울고 있었다. 최대 용량 치의 약이 더는 듣지 않는다는 것은 이제 마지막 방법밖에 남지 않았음을 보호자도 알고 있었다. 기관 허탈의 경우 수술로 교정할 수 있기는 하지만 15살 노령의 치와와에게는 수술을 위한 마취도 힘겨운 상태였다. 더군다나 수술을 할 수 있다 해도 보호자는 경제적 여력이 없었으며, 산소공급장치에 의한 연명치료는 수의학에서는 사실상 불가능한 옵션이었다. 안락사가 결정되었고 인턴은 치와와를 산소 케이지에서 꺼낸 다음 혈관에 카테터(혈관을 연결하는 주사관)를 설치했다.

가정의학과 한쪽에는 꽤 고급스럽게 꾸며진 방이 있었는데, 푹신한 쿠션과 의자가 있었다. 나는 그 방이 뭐 하는 방인지 몰랐지만 곧이어 거기가 환자를 마지막으로 보내주는 방이라는 것을 알았다. 치와와를 작은 방에 놓인 푹신한 소파 위에 내려놓고 보호자에게 안락사 과정을 설명했다.

먼저 마취제를 투여하여 환자를 재운 뒤에 안락사 약을 주입하여 고통 없이 심장박동을 멈추게 할 것이며 혹시나 안락사 약 투여 후 움찔거릴 수는 있지만 그건 의식이 없는 상태에서 일시적인 근육 경련 같은 것이므로 통증을 느끼는 것은 아니라고 보호자에게 말했다. 보호자는 소파 옆에 꿇어앉아 치와와를 쓰다듬으면서

"I'm sorry my love. I will have to let you go now."

라고 하면서 머리에 연신 뽀뽀를 했다. 치와와는 숨을 제대로 쉬지 못하면서도 그런 보호자 입술에 혀를 날름거리면서 뽀뽀를 했다.

마취약이 주입되었고 치와와는 눈을 감고 잠이 들었다. 보호자는 치와와를 연신 쓰다듬으면서 파르르 떨리는 목소리로 자장가를 불러주었다. 다시는 깨지 못할 치와와의 마지막을 위해 부르는 자장가는 내가 들은 세상에서 가장 슬픈 노래였다. 그 슬픔이 나에게도 전해져서 눈가에 눈물이 고였다. 일주일 전 여학생이 그러했듯이 나도 이런 슬픈 감정을 느끼는 내가 낯설었다. 이전에도 안락사를 몇 번 지켜본 적은 있지만, 그때는 진료실에 잠깐 들어가서 안락사 약이 주입되는 모습만 보고 다시 나왔고 슬프긴 했지만, 감정적으로 크게 동요되지는 않았다.

하지만 이번 안락사는 내가 2주 전에 맡았던 환자에다가 안락사가 결정된 후 처치가 되기까지 전 과정을 옆에서 지켜본 첫 환자였다. 비록 내가 안락사 결정을 내린 것은 아니었지만, 내가 담당하던 환자가 안락사되는 것은 이전처럼 잠깐 안락사 현장에 들어갔다 나오는 것과는 차원이 달랐다. 뭔가 더 해줄 수 있는 건 없었을까, 다른 방법은 없었을까 별

로 되지도 않는 머릿속 의학적 지식을 생각하면서 보호자의 자장가를 들었다.

문득 한국에 있는 조그마한 우리 집 강아지도 생각이 났다. 아직은 파릇파릇한 꼬맹이지만, 그 아이도 언젠가는 나이가 들어서 저 치와와처럼 생을 마감할 텐데…. 그 생각이 나니까 더 눈물이 나오려 했다. 잠이 든 치와와에게 마지막으로 안락사 약이 주입되었다. 인턴은 나에게 심장박동을 청진하라고 했다. 콩닥콩닥 뛰던 심장 소리는 점점 희미해져 갔고 치와와는 앞발을 잠시 파르르 떨더니 이윽고 심장박동 음은 들리지 않았다. 나는 자그맣게

"She passed away. I'm sorry"라고 말했다.

눈물을 글썽이던 보호자는 내 말을 듣고는 치와와에 엎드려서 소리 내어 흐느껴 울기 시작했다. 나와 인턴은 자리를 피해서 방 밖으로 나왔다. 방 밖에서 많은 생각이 들었다.

저 치와와는 이제 정말 고통에서 벗어난 것일까.

비록 좋은 의도로 한 것이지만, 신도 아닌 우리가 다른 생명체의 삶을 주사 한 방으로 끝내는 게 맞는 것일까.

나도 언젠가는 내 환자를 안락사시킬 날이 올 텐데, 잘할 수 있을까….

나중에 내 강아지에게 안락사가 필요하다면, 내 손으로 할 수 있을까….

2014년 영국 수의사협회 발표에 의하면 수의사의 자살률은 일반 대중보다 많게는 6배, 의사와 치과 의사에 비해서는 2배 더 높은 것으로 나타났다고 한다. 병원 경영난, 고객과의 갈등 등 자살의 원인은 다양하지

만, 안락사를 시행할 수 있는 유일한 직업이라는 것도 하나의 요소로 분석되었다. 동물의 고통을 덜어주기 위해 죽음이라는 방법을 택하다 보니 수의사 본인도 고통에서 벗어나기 위해 죽음을 택하는 경우가 유의미하게 높다는 것이다. 좋은 의도든 아니든 다른 생명을 빼앗는 것 자체가 엄청난 스트레스이다. 이승과 저승이 주사 한 방으로 결정되는 동물병원에 있다 보면 죽음이라는 것 자체에 무감각해질 수 있다. 더군다나 앞서 얘기한 여학생처럼 과로와 피로가 누적되어 이성의 끈을 놓은 상태가 되면 충동적으로 극단적 선택을 할 수 있는 확률이 높아진다. 이 때문에 요즘 들어 수의사의 정신건강을 유지하기 위한 방안에 대한 관심이 높아지고 있는 것을 여러 기사와 문헌들을 통해 체감하고 있다. 선배 수의사님들, 동료 및 후배 수의사 모두 건강하게 오래오래 수의사라는 직업을 유지할 수 있었으면 좋겠다.

## ∵ 소동물 외과

한국 수의대 본과 4학년 외과 로테이션의 수술에서 막내 보조를 들어갔던 게 생각난다. 일단 수술실에 들어가기 전부터 무균 가운, 무균 장갑을 착용해야 하는데 이게 익숙하지 않은 사람한테는 착용이 처음에 꽤 힘들다. 무균 가운을 입는 순간 일반 환경에 있는 물체와는 일절 접촉이 있어서는 안 된다. 그래서 가운을 입은 후 장갑을 낄 때는 무균 가운의 소매를 손끝까지 늘어뜨려 손이 덮인 상태에서 소매를 이용해 무균 장갑을 들어 올려서 절대로 손이 무균 장갑의 표면에 닿지 않도록 장갑 안으로 쏙 넣은 다음 반대쪽 장갑도 무균적으로 껴야 한다. 어쨌든 그렇게 해서 수술 테이블 가까이 가면 외과 교수님과 대학원생 옆에서 수술을 지켜보고 이따금 세척이 필요할 때 식염수를 뿌리거나 봉합 매듭을 가위로 자르는 일을 하곤 했다.

수술실 분위기는 살벌 그 자체였다.

일반 병원에서 하기 힘든 수술들이 많이 의뢰되기 때문에 교수님은 초집중하시는 와중에 대학원생이 조금의 실수라도 하면 질책이 쏟아졌다. 그 옆에서 그림자처럼 있던 4학년인 나는 눈치를 보느라 등에서 식은땀이 날 정도였다.

그러다가 교수님이 나한테 "이거 좀 잡고 있어 봐."라고 하셨다.

눈치 보느라 긴장해 있던 나는 얼른 손을 뻗어서 그걸 잡았는데 잡는 방법이 틀렸던가 보다. 그 순간 수술 집도 부위만 쳐다보시던 교수님의 얼굴이, 입에는 마스크를 끼고 머리에는 수술 두건을 써서 눈만 보이는 얼굴이 내 쪽을 향해 스르륵 돌아갔다.

그리고 나를 쏘아 보셨다. 마치 죽일 듯한 눈빛으로….

그 순간 진짜 숨이 막히고 오줌 지리는 줄 알았다.

다행히 교수님은 학부생한테는 잘 대해주시는지라 조용히

"놔."

라고 말씀하셨고, 나는 잡고 있던 것을 놓고 수술 내내 쥐 죽은 듯이 있었다. 어쨌든 외과 수술을 들어가면 모두가 초긴장 상태였던 것이 기억난다. 교수님이 수술하시는 중에 학부생이 질문한다는 건 상상도 할 수 없는 분위기였다.

미국 수의대에 와서 외과 로테이션을 돌 때는 한국보다 훨씬 많은 수술실에 보조로 들어갈 수 있었다. 워낙 케이스도 많고 다양해서 일주일에 한두 번은 꼭 막내 보조로 들어갔다. 한국과 다른 점이 있다면 수술실 분위기가 여긴 정말 자유롭다. 위급한 상황만 아니면 Surgeon한테 질문도 자주 하고, Surgeon도 수술하면서 해부학적 구조나 수술법 등을 잘 알려준다. 로테이션 첫날 수술 보조를 들어갔는데, Surgeon이

"You know what I need right now? Music!"이라고 하면서

테크니션에게 최신 음악을 틀라고 부탁했다. 수술하는 동안 음악을 들으면서 흥얼거리기도 하고 수술 보조로 있던 인턴은 가끔 할 일이 없을 때는 리듬을 타기도 했다. 처음 수술방에 들어왔을 때는 '아니, 이 사람들이 뭐하는 건가?' 싶기도 했지만, 여긴 그냥 원래 긴장된 분위기보다는 자유로운 분위기에서 하는 것을 선호하는 듯하다. 하지만 수술을 하다가 계획대로 안 되거나 돌발 상황이 생기면 온갖 욕이 튀어나온다.

'Mother F!', 'Son of a bitch!', 'God damn it!' 등등

하지만 Surgeon이 어떤 특정한 사람을 향해서 짜증을 내거나 화를 내는 경우가 아니라, 그냥 그 상황에 대해서 혼잣말로 욕을 외치는 거라서

긴장은 될지라도 개인적으로 위압감을 느끼거나 한 경우는 한 번도 없었다. 그리고 여담이지만 수의대에서는 Bitch(=암캐)라는 단어가 암컷 개를 지칭하는 공식적인 말로 쓰이기 때문에 하루에도 몇 번이나 듣다 보니 딱히 욕으로 들리지도 않는다. 어쨌든 돌발 상황이 해결되면 다시 평온한 분위기가 된다.

한번은 수술하다가 수술 보조로 들어갔던 미국 여자애가

"요즘 핫한 일본인 다들 알아??" 이러길래 뭔가 했더니,

Pen-pineapple-apple-pen 아저씨를 말하는 거였다.

Surgeon이 "그게 뭐야? 한번 틀어봐."라고 해서

테크니션이 핸드폰으로 유튜브에 있는 영상을 보여 줬는데 다들 낄낄거리면서 좋아했다.

한번은 인턴과 레지던트가 너무 바빠서(그렇게 어려운 수술은 아니었기 때문에) Surgeon 하나랑 나를 포함한 본과 4학년생 두 명이서 수술 보조를 했다. Surgeon은 키와 덩치가 나만 하고 만화에 나오는 백발의 마귀할멈이랑 똑같이 생긴 분이었는데 말투와 제스처가 외과 계열답게 투박하고 직설적이었다. 욕도 엄청 찰지게 잘했다. 처음에는 조금 무서웠지만, 시원시원하고 솔직한 사람이었다. 어쨌거나 수술을 할 때는 Surgeon마다 각자 좋아하는 기구와 방식이 있기 때문에 나는 그것을 유심히 보다가 세척이 필요하거나 기구가 필요할 때 미리미리 줬더니 예상보다 되게 좋아하는 것이었다. 나와 같이 있던 미국 본과 4학년 학생은 그냥 수술 참관만 했는데 나는 조금씩이라도 도와주니까 Surgeon은 연신 "Thank you."

라고 하면서 좋아했다. 수술이 끝나고 나서도 내가 수술 보조를 잘해서 수술이 잘 됐다고 동네방네 떠들고 다녀서 뭔가 웃기기도 했다.

어쨌든 그렇게 수술이 끝나고 나면 수술 보조에 참여했던 담당 학생이 환자의 케어를 맡아야 한다. 그런데 이상하게도 내가 외과에서 맡았던 환자들은 다들 한 성깔씩 하는 아이들이었다. 기억나는 애 중에 하나는 치와와인데 수술부위 Bandage를 보려고 좀만 몸을 건드려도 "나 죽는다!" 라는 듯한 고음의 비명을 지르면서 나를 물려고 했다. 목에다가 꼬깔 같은 것을 씌워서 물리는 건 안 무서웠는데 갑자기 비명을 질러서 나를 깜짝깜짝 놀라게 했다.

그리고 시츄를 맡은 적이 있는데 나는 살면서 그렇게 사나운 시츄는 처음 봤다. 보통의 시츄는 성격이 아주 온순하고 살가운데, 이놈은 진짜 미친개처럼 주인 외의 사람한테는 공격적이었다. 시츄의 오후 수술이 끝난 당일 캡모자를 쓰고 저녁 케어를 하러 갔는데 아침보다 더 날뛰고 케이지 창살을 이빨로 물어뜯으면서 나를 위협하는 것이었다. 이게 돌았나 싶었던 차에 병원 응급 전화로 시츄의 주인이 애 상태를 궁금해한다고 인턴이 나한테 와서 메모를 전했다. 이 주인도 조금 뭔가 이상하긴 했지만, 주인한테 전화를 걸어서 오후에 있었던 수술은 잘 끝났고 저녁 케어를 하러 왔다고 하면서 시츄가 꽤 사나운 것 같다고 말했다.

그랬더니 주인이

"He hates man. On top of that he hates man on hats!(걔는 남자를 싫어해요. 거기다가 모자 쓴 남자를 더 싫어해요!)"

라고 말하는 것이었다. 어쩐지 빠박이 중환자실 학생한테는 별로 공격적이지 않다가 나한테만 엄청나게 공격적이더라. 그래서 쓰고 있던 모자를 벗고 산책을 데리고 나가서 오줌 누이고 밥을 먹여서 그전보다는 조금 성격이 누그러졌지만, 그래도 미친개처럼 사람들에게 위협을 가하곤 했다.

무릎 수술을 한 45kg의 레브라도 리트리버도 맡은 적이 있는데, 12살의 고령의 환자였다. 무릎 수술을 하고 나서는 'Sling'이라고 해서 그네처럼 생긴 걸 환자의 배에다 받친 후, 내가 들어 올려서 무게를 지탱해주는 기구를 사용해서 걷게 해야 한다. 그런데 이놈은 Sling을 하고서도 옆으로 자빠져서 일어날 생각을 안 했다. 밖에 데리고 나가지 않으면 자기 입원실에 오줌과 똥칠을 해서 수술 부위가 오염될 수도 있기 때문에 웬만하면 밖에 산책을 나가서 똥오줌을 누이도록 한다. 그래서 애를 일어나게 하려고 잡아올려 끙끙거리고 하던 차에 갑자기 이빨을 드러내면서

"그르르르르." 하는 소리를 내기 시작했다.

그 순간 바로 시도를 멈추고 그냥 누워있게 놔뒀다.

어쨌든 수술받은 환자들의 아침저녁 케어와 아침 회진마다 환자 상태를 교수, 레지던트, 인턴 앞에서 발표하다 보니 약물 사용이나 수술 후 관리 같은 것을 책에서 보던 것보다 훨씬 자세하게 알 수가 있어서 몸은 힘들었지만 배울 게 많았던 외과 로테이션이었다. 특히나 바쁜 외과 로테이션 와중에 미국 수의대생들의 열정에 감탄할 때도 잦았다. 새로운 케

이스가 예약 사이트에 뜨면 서로 먼저 담당하려고 달려들고, 어떤 학생은 입원 환자가 많아서 새벽 5시 45분에 학교를 나와서 아침 케어를 한 후 일과를 보다가 저녁 케어를 한 후 11시에 집에 들어가기도 했다. 다들 으쌰으쌰하는 분위기 속에서 교수, 레지던트, 인턴도 학부생들을 북돋워 주다 보니 스스로들 공부하고 생각하고 질문하는 선순환이 형성되었다.

그리고 외과 로테이션은 워낙 많은 것이 바쁘게 돌아가다 보니 영어를 머릿속으로 미리 생각하고 말할 시간적 여유가 없어서 바보 같은 단어 실수 같은 것을 많이 하게 되었다. 그런데 오히려 닥터들이나 애들 앞에서 이런 실수를 하다 보니 나중에는 그냥 다 내려놓고 말이 중간에 막히더라도 입을 더 여는 계기가 되었다. 어차피 밑천이 드러나서 밑져야 본전이니까.

전공 용어는 어렵지 않은데 생활 영어는 아직도 배울 게 너무 많다~~


∴ **소동물 내과**

**개 오줌 받기**

학교 다닐 적에 보건소에 가서 건강검진을 하면 자그마한 네모들이 달린 검사 막대기를 주면서 "오줌 묻혀 오세요." 하면 화장실 가서 오줌을 누면서 각각의 네모에 정성 들여 하나씩 묻힌 기억이 다들 있을 것이다. 그걸 거기 계시는 선생님께 보여 드리면 "정상이네요." 하면 그냥 버리면 된다.

Figure 21. 오줌 받기용 컵

수의내과에서 개를 치료할 때도 오줌검사를 매우 많이 한다. 오줌은 신장, 방광을 포함하는 비뇨기계와 함께 온몸의 상태를 반영하는 매우 중요한 배설물이다. 오줌을 평가하려면 오줌을 받아야 하는데 개들이 알아서 수의사가 필요할 때 오줌을 싸 주는 일은 당연히 없다. 그렇다면 개에서 오줌을 채취하려면 어떻게 할까?

가장 쉬운 방법으로는 개가 오줌을 쌀 때 재빨리 컵을 아래쪽에 들이밀어서 받는 방법이 있다.

이것은 간단하기는 하지만 시간이 많이 소모되는 방법이다. 또 다른 방법으로는 초음파를 이용하여 방광을 찾은 후 방광이 있는 배 쪽에다가 주사기를 찔러서 방광 내에 있는 오줌을 바로 뽑는 방법이 있다. 한국 수의대 병원 로테이션을 돌 때는 대부분의 경우 초음파를 이용하여 방광에 주사기를 찌르는 방법으로 오줌을 채취했었다. 하지만 미국 수의대는 내가 다녔던 곳이 특이한 건지는 모르겠지만 웬만하면(응급이 아니라면) 개가 자연스럽게 오줌을 쌀 때 컵을 들이밀어서 받는 방법을 선호했다. 특히 미국 개들은 집에서 오줌을 쌀 때 Doggy Door를 이용하여 밖에 나가서 싸는 습성을 가진 애들이 많아 실내에서 오줌을 싸는 한국 개들보다는 자연스럽게 밖에서 오줌을 받는 방법이 더 쉽게 먹힌다.

(그래서 여기서는 입원 환자들을 하루에 세 번 무조건 산책을 데리고 나가야 한다. 밖에 나가기 전까지는 똥오줌을 참고 있기 때문이다.)

내과 로테이션에 있을 때 당뇨 환자를 맡은 적이 있다. 살이 아주아주 많이 쪄서 배가 거의 땅에 닿는 닥스훈트였다. 비만과 당뇨는 아주 연관성이 높아 당뇨가 있다는 게 그다지 놀랍지 않을 정도로 뚱뚱했다. 이놈은 한 달 전에 당뇨 합병증으로 우리 학교 응급실에 와서 처음으로 당뇨를 진단받고, 그다음부터 인슐린 용량을 조절해 나가는 중인 환자였다. 당뇨를 치료하기 위해 인슐린 용량을 결정하기 위해서는 환자의 혈중 당 농도를 12시간 동안 2시간 간격으로 기록하여 그래프를 그려서 인슐린 양이 적절한지 평가해야 한다. 그래서 보호자가 환자를 아침에 병원에 맡기면 담당 학생이 두 시간 간격으로 가서 혈액을 채취하여 당 농도를 재야 한다. 당뇨 환자를 돌보는 데 또 중요한 요소는 합병증이 있나 판단해야 하고, 그 방법 중의 하나는 오줌에 있는 Ketone이라는 성분 유무로 판단할 수 있다. 우리가 건강검진을 할 때 오줌 묻히는 막대의 네모 중에 하나가 Ketone 유무를 색깔 변화로 판단하는 것이다. 개도 마찬가지로 오줌을 얻어서 한 방울 한 방울 막대의 네모에 묻혀 색깔 변화가 어떤지 관찰하게 된다.

그래서 나는 오전 8시부터 불쌍한 뚱땡이 닥스훈트의 귀를 바늘로 콕 찔러서 피 한 방울이 나오면 당 측정 기계를 갖다 대어 당 농도를 기록하는 일을 시작하게 되었다. 그리고 밖으로 데리고 나가서 오줌을 받는 작업을 하게 되었는데, 문제는 이놈의 배가 거의 땅에 붙어 있어서 오줌을 싸는지 마는지 보이지가 않았다. 83kg의 그레이트 데인을 입원 환자로 맡고 있을 때는 이놈이 워낙 덩치가 커서 오줌을 시원~하게 싸기 시작할 때 컵을 갖다 대기만 하면 오줌 받는 작업은 끝이었다. 근데 이놈의 닥스훈트는 가뜩이나 다리가 짧은데 배가 땅에 거의 닿아 있어서 내가 얼굴을 땅에 댈 정도로 해서 봐야지 오줌을 싸는지 알 수 있었다. 덕분에 내 가슴주머니에 들어있던 펜이고 장비고 바닥으로 다 떨어졌다.

첫 번째 시도는 실패했다. 내가 방심한 사이 이놈은 쥐도 새도 모르게 오줌을 쌌고, 내가 가지고 나간 컵은 이놈의 고추와 땅 사이의 틈에 맞지 않게 큰 사이즈여서 오줌을 받지 못했다.

일단 데리고 들어가서 물을 좀 먹었다. 그로부터 2시간마다 나는 불쌍한 뚱땡이 닥스훈트의 귀를 바늘로 찔러서 당 농도를 측정했다. 이놈도 처음에는 나를 보고 좋다고 달려오더니 점점 나를 피해 입원 케이지의 구석으로 도망갔지만, 행동이 둔하여 별로 어렵지 않게 잡을 수 있었다. 큰 눈망울로 마치

"도대체 왜 자꾸 나를 찌르는 거예요!"

라고 하는 것을 느끼면서 작업을 계속하니 조금 미안한 느낌이 들기도 했다. 이놈들은 내가 자기을 도와주려고 바늘로 찌른다는 것을 전혀 모

르겠지. 나 같아도 거인이 와서 매시간 내 귀를 바늘로 찌르면 겁에 질릴 것이다.

딴소리긴 하지만 그래서 나는 우리 집에 있는 강아지 백신은 돈이 들더라도 선배님 병원에 데려가서 주사를 맞힌다. 조그만 말티즈인 우리 강아지는 바늘만 봐도 무서워서 도망가려고 안간힘을 쓰는데, 내가 이놈한테 주사를 찌르면 아무리 의도가 선하다 한들 나는 그저 자신을 괴롭히는 나쁜 주인이 될 것 같기 때문이다. 선배님한테 붙잡혀서 꼼짝도 못 하고 주사를 맞고 나서 내 품에 안겨서는 선배님을 보며 짖는 이놈을 보면 뭔가 귀여우면서도 바보 같은 느낌이 든다.

그런 의미에서 전래동화 『흥부전』의 은혜 갚은 제비 이야기는 참 흥미롭다. 실제 제비라면 흥부가 부러진 자기 다리를 잡고 뭘 한다는 것 자체가 공포였을 테니 말이다. 모든 동물이 은혜 갚는 제비 같았으면 얼마나 좋을까.

어쨌든 오줌 받기에 실패하고 4시간 후에 나는 닥스훈트를 데리고 다시 밖에 나갔다. 이번에는 오줌 컵이 아닌 그 뚜껑에다 오줌을 받을 요량으로 뚜껑을 가지고 나갔다. 뚜껑처럼 납작해야 이놈 배 사이에 들어갈 것 같았기 때문이다. 어차피 검사 막대기에 묻히는 오줌은 조금만 있어도 되었다. 산책 장소를 땅에 붙어서 킁킁거리던 이놈은 갑자기 뒷다리를 쭉 뻗고는 가만히 서 있기 시작했다.

바로 이때가 오줌을 받을 때이다!

나는 밑을 내려다보지도 않고 그냥 뚜껑을 고추 밑으로 갖다 댔다. 어차피 실패해도 상관없으니까.

그렇다. 이놈은 오줌을 싸고 있었던 것이다! 다행히도 나는 두 번째 시도에서 컵 뚜껑에 오줌을 받아서 오줌 검사를 할 수 있었다. 사람이면 5분이면 할 일을 개에게 하려니까 여러 번거로움이 있는 것이다.

어찌 보면 오줌을 얻기 위해서 뒤집어 눕힌 다음 배에다가 주사기를 찔러서 오줌을 얻는 것보다 자연스럽게 싸고 있을 때 오줌을 얻는 것이 동물의 입장에서는 좋을 것이다(물론 수의사 입장에서는 시간이 소모되니까 번거롭지만).

수의학에서 항상 고려해야 하는 것이 동물의 스트레스를 최소로 하면서 치료를 하는 것이다. 아무리 좋은 치료법이라 하더라도 그것을 모르는 동물의 입장에서는 내 사지를 붙잡고 아픈 바늘을 찌르고 못살게 구는 것이기 때문이다. 실제로 동물을 보정할 때 무작정 힘을 이용하여 세게 잡는 것보다 약간은 느슨하게 잡을 때 애들이 더 협조적일 때가 많다. 구속당한다는 느낌이 들면 본능적으로 더 발악하기 때문이다. 단순히 피 한번 뽑으려고 보정하고 있다가 혀가 파래지면서 넘어가려는 환자를 수의대생이라면 몇 번 봤을 것이다. 그래서 보정을 할 때 먹을 것 등으로 주의를 분산시키는 방법도 많이 쓰인다. 미국 수의대 병원에서는 한방 침을 이용하여 동물을 치료할 때는 15분 동안 얼린 땅콩 잼을 개가 계속 핥게 한다. 땅콩 잼을 핥느라 자기 몸에 바늘이 들어오는지도 신경 안 쓰기 때문이다. 특히 큰 개들이 많은 미국에서는 보정 시에 주의분산법이 매우 많이 쓰인다. 그레이트 데인, 마스티프 같은 애들은 성인 남성이 잡고 있어도 보정이 힘들기 때문이다. 어쨌든 처치를 하면서 동물의 스트레스를 최소로 하는 것은 수의사로서 한평생 과제가 아닐까 싶다.

### 이건 누구 야옹이지?

고양이는 다들 알다시피 굉장히 독립적이고 예민한 동물이다. 본디 독립적으로 활동하는 동물이고 개보다는 인간과 같이 살게 된 역사가 짧다 보니 아직 '완전히' 인간 친화적이지는 않다. 그 예민함 때문에 스트레스에 굉장히 취약한 것이 고양이다. 그 스트레스가 단순히 정신적인 것을 넘어서 질병으로까지 나타나게 된다.

고양이의 스트레스성 질병 중에 과학적으로 검증된 것이 '고양이 특발성 방광염'이다. 지속적으로 스트레스를 받아 자율신경계가 계속해서 방광을 자극하여 문제가 생기는 질병이다. 헌데 그 스트레스란 게 사람 입장에서는 굉장히 사소한 것인 경우가 많다. 가장 대표적인 스트레스가 '이사'이다. 사실 사람도 이사하면 스트레스를 많이 받지만, 고양이에게는 세상이 바뀌는 것만큼 큰 스트레스인가 보다. 그래서 '고양이 특발성 방광염'이 의심되는 경우에는 보호자에게 지난 몇 달간 생활환경이 급변했는지 반드시 질문하게 된다. 그 외에도 같이 사는 고양이들 간의 서열 다툼, 소음(세탁기 소음 같은 것도!), 낯선 사람, 심지어 가구 위치가 갑자기 바뀌는 것조차 스트레스로 작용하여 방광염에 걸릴 수가 있다. 그래서 '고양이 특발성 방광염'이라고 생각되는 고양이들의 경우에는 방광염에 준하는 치료약과 더불어 '신경 안정제'도 같이 처방된다. 스트레스에 좀 무뎌지도록 하기 위함이다.

고양이 특발성 방광염의 연장 선상에 있으며 수컷고양이의 요로기계 질환 중에 대표적인 또 하나가 '요도 막힘증'(urinary obstruction)'이다. 결석 또는 단백질 떡(찌꺼기)이 갑자기 요도를 부분적으로 또는 완전히 막아서 오줌을 못 싸는 질환이다. 오줌을 못 싸면 몸에서 배출되어야 할 것들이 못 나가서 체내에 축적되는데, 이 물질 중에는 심장박동에 영향을 미쳐서 결국 죽음에까지 이르게 하는 무서운 질병이 요도 막힘증이다. 그래서 '요도 막힘증'이 의심되는 환자는 예약 없이 응급으로 병원으로 바로 들어와서 요도를 뚫어주는 시술을 해 주어야 한다.

내과 로테이션을 도는 마지막 주 금요일이었다. 내과 로테이션 동안은 같이 도는 8명의 학생이 모두 담당 입원 환자가 계속 있어서 밤이고 주말이고 학교에 나와야 해서 얼른 끝나기만을 기다리고 있던 차였다.

아…. 그런데 오후 4시 스케줄에 '요도 막힘증 의심'이라는 표시와 함께 새로운 환자가 시스템에 등록된 것을 3시에 발견하였다. 이때부터 내과를 같이 돌던 학생 8명 사이에는 긴장감이 흘렀다.

누가 총대를 메고 담당할 것인가? 필시 이런 애는 며칠간 입원을 할 것이고 그러면 입원환자가 한 마리 더 생겨 버리는 것이다. 모두 스케줄표를 못 본 척하고 있었지만, 분명히 새로운 환자가 추가된 것을 알고 있었을 것이다. 그런데 사실 나는 내과를 시작하기 전에 '고양이 요도 막힘증' 환자를 최소 한 마리는 맡아 보고 싶긴 했었다. 고양이에 대해 잘 모르다 보니 이런 중요한 질병을 담당해 보고 싶었기 때문이다. 그래서 그냥 에라 모르겠다 하고 4시 스케줄표에 내 이름을 적었다. 그랬더니 애들이 "고양이가 새로 들어올라나 보네?? Keeun이 맡았구나!"라며 얘기를 하기 시작했다.

어쨌든 그렇게 4시가 되었고, 문제의 고양이가 왔다. 병원 기록을 보니 이놈은 이전에도 3번이나 요도 막힘증 때문에 병원을 왔던 놈이었다. 고양이를 받아 보니 생각했던 엄청나게 위급한 그런 경우는 아니었다. 요도 막힘증이 오래 지속된 애들은 아파서 냐옹냐옹 계속 울거나 아니면 축 처져서 아무것도 못 하는데, 이놈은 그 정도는 아니었다. 보호자는 고양이가 어제부터 배변 상자에 들어가서 한참 오줌을 누려고 앉아 있다가 그냥 나오고 오줌을 집에 몇 방울씩 뚝뚝 떨어뜨리고 다닌다고 했다. 거기다가 개냥이처럼 앵기던 놈인데 주인이 만져도 뿌리치거나 거의 물려고 했다고 했다.

그래서 레지던트가 "요도 막힘증이 재발한 것 같으니 어서 처치를 시작합시다."라고 했는데,

주인이 뭔가 머뭇거리는 것이 느껴졌다. 돈이 문제였다. 요도 막힘증으로 응급으로 갑자기 예약하면 응급 할증이 붙고, 거기다가 처치비와 입원비까지 하면 백만 원이 훌쩍 넘는 돈이 치료비로 든다. 그런데 이놈은 이번이 6개월 동안 4번째 재발이었던 것이다. 주인 말로는 작년에 이사 온 집에 전주인이 버리고 간 것을 귀여워서 키우게 되었는데 병원비가 한두 푼이 아니다 보니 사실 어떻게 해야 할지 모르겠다는 것이었다. 그리고 앞으로 이런 일이 또 일어날 것이 뻔한데 그때마다 병원비를 감당할 수가

없다는 얘기였다. 이만큼 재발하는 고양이들은 재발 방지를 위해 항문 쪽에 수술적으로 구멍을 내서 고추 쪽 요도가 막히더라도 그 항문 쪽 구멍으로 오줌이 나오도록 하는 수술을 해야(물론 이것도 100% 보장은 아니다.) 하는데 오늘 와서 입원비에다가 수술비까지 더하면 돈이 천정부지로 비싸지게 되는 상황이었다.

심각하게 안락사 얘기가 오갔다. 주인은 마흔 중반의 아주머니였는데, 고양이가 너무 좋고 계속 키우고 싶지만, 돈이 현실적으로 너무 부담된다며 눈시울을 붉히셨다. 레지던트는 아주머니에게 반려동물 치료비 전용 무이자 대출도 있다면서 계속해서 치료를 설득하였다. 주인은 체념한 표정으로 일단 지금 아픈 건 처치를 해달라 하고 수술 여부는 생각해 보겠다면서 가셨다.

고양이 요도를 뚫는 작업이 시작되었다. 레지던트는 나보고 이걸 해본 적이 있느냐고 물었다. 당연히 해본 적이 없다. 난 한국에서도 고양이를 별로 치료해본 적이 없기 때문이다.

"Then it's your first experience!"라며 레지던트는 필요한 장비를 갖다 주었다.

참고로 모든 수컷 고양이는 고추가 신기하게도 뒷방향으로 가 있고 포피 속에 완전히 숨어 있다. 멸균 장갑을 끼고 포피를 벗겨서 고추를 노출시킨 뒤 얇은 관을 요도 속으로 밀어 넣었다. 고추가 미끌거리고 요도도 작아서 부드러운 재질인 관을 넣기가 생각보다는 힘들었다. 아, 물론 고양이는 마취를 시켰다. 요도 속으로 관을 밀어 넣다 보니 어느 순간 막히는 것이 느껴졌다. 관 속으로 식염수 주사기를 연결하여 폭폭 쏘면서 관을 조금씩 전진시키다 보니 요도가 뚫렸다! 고양이 고추 주변 피부에 의료용 실로 고리를 만들어 요도관을 고정했다. 그런데 문제가 생긴 것이 보통 고양이에서는 요도관을 부가적으로 꼬리에 고정해서 고양이가 움직여도 관이 몸과 함께 움직이게 하여 갑자기 빠지는 것을 방지한다. 그런데 이놈은 꼬리가 없는 것이었다. 레지던트는 일차적으로 고추 쪽 피부에 연결했으니 일단 두고 보자고 했다. 고양이는 입원시키고 나는 집에 갔다.

토요일 아침 케어 시간에 병원에 와보니 아니나 다를까 연결했던 요도관이 밤새 느슨해 져서 당직 인턴이 실을 끊어서 뺐다고 했다. 그래서 아침부터 또 고양이를 마취시키고 관을 다시 연결하여 이번에는 좀 더 강력하게 사방으로 관을 고정했다. 그런데 시술이 얼마 끝나지 않아 Receptionist가 원내 방송으로

"Keeun please come to the lobby for Maxy's client visit."이라는 방송이 나왔다(고양이 이름이 Maxy였다.).

보호자 응대는 담당 학생의 역할인데 나는 보호자가 오늘 아침에 온다는 말을 듣지 못했지만, 일단 로비로 나갔다. 거기에는 어제 왔던 아주머니가 아닌 젊은 남녀가 앉아 있었다. 젊은 여자는 왜인지는 모르겠지만, 눈시울이 붉어져 있었다.

'설마 Maxy를 안락사하기 전에 아주머니 딸이 Maxy를 보러 온 건가?'라는 생각이 머릿속에 맴돌았다.

일단 보호자들을 진료실로 안내하고 곧 Maxy를 데려온다고 말하고 입

원실로 갔다. 레지던트한테 젊은 주인이 Maxy를 보러 왔다고 했더니 "설마 치료 포기하는 건가?"라며 안타까워했다.

나는 Maxy를 고양이 가방에 넣어서 진료실로 향했다. 하루밖에 보지 못했지만, Maxy는 너무 귀여운 아이였다. 어제 시술 후 마취에서 깬 후 내가 검진하려고 손을 내미니까 머리를 들이밀어서 쓰다듬어 달라고 연신 애교를 부리는 아이였다. 병원에서 마주쳤던 고양이들은 나를 할퀴거나 '캭캭캭!' 소리를 내며 위협하는 아이들이 대부분이었기 때문에 이렇게 귀여운 고양이면 병원비가 계속 나가더라도 키우고 싶겠다는 생각을 하던 차였다.

그런데 오늘 아주머니의 딸이 Maxy를 하늘나라로 보내기 전에 보러온 건가 하는 생각이 들어서 너무나도 안타까운 마음으로 진료실로 걸어갔다. 진료실 문을 열고 고양이 케이지 문을 열면서

"Here is Maxy! He is doing much better than yesterday!"라고 했는데

젊은 커플 표정이 뭔가 이상한 것이었다. '왜 저러지?'라는 생각을 하는데

젊은 여자가 웃음을 참으면서 입을 열었다.

"My baby is not a cat!"


????????

알고 보니 입원실에는 Maximus라는 강아지가 있는데 젊은 주인은 Maxy라고 줄여 부르던 습관 때문에 Receptionist한테 Maxy를 보러 왔다고 한 것이었다.

(Receptionist도 조금 실수를 많이 하는 편이긴 했다.)

젊은 커플도 웃고 나도 웃었다. 나는 얼른 미안하다고 사과를 하고 Maximus의 담당 학생한테 주인이 면회 왔다고 말해 줬다.

다행히 고양이 Maxy의 주인은 치료를 계속하고 재발 방지를 위한 수술에까지 동의해서 Maxy는 무사히 수술을 받게 되었다.

동물병원에서는 동물의 이름이 비슷해서 종종 이런 웃픈 해프닝이 발생하기도 한다. 하지만 이게 이름이 똑같다고 약물을 서로 바꿔 주거나 심지어 잘못 안락사를 시행해서 허망한 죽음을 야기할 수도 있는 사소하지만, 매우 중요한 일이다. 그래서 병원에서 환자를 브리핑할 때는 항상 '이름, 성별(동물의 성별은 암컷, 수컷, 중성화암컷, 중성화 수컷 4가지가 있다.), 나이, Breed' 순으로 시작한다. 이름이 같아서 헷갈리는 경우를 방지하기 위함이다. 그래도 항상 정신 차리고 이 환자가 그 환자가 맞는지 잘 판단해야 한다!

## ∵ 격리실 당직

미국에 와서 접한 수의학은 국내보다는 훨씬 다이나믹한 것 같다.

국내는 사실 대부분 개·고양이들이 실내에 거주하기 때문에 대부분 환자가 노령성 질환으로 병원에 온다. 또한, 많은 보호자가 백신 접종을 아주 잘하고 있기 때문에 감염성 질병도 거의 보지 못했다. 뱀이나 벌레에 물릴 일도 별로 없고, 코요테와 같은 야생동물한테 물릴 일도 없다. 그리고 딱히 곰팡이성 질병이 창궐하는 지역도 없다. '벼룩'도 없어서 벼룩 자체가 일으키는 질병과 그것이 옮기는 질병도 한국에는 없다(모 교수님은 한국에 벼룩의 도입이 시급하다고 하셨다.).

하지만 미국이란 나라는 일단 많은 개가 등산, 수영, Dog Park와 같은 아웃도어 생활을 즐기기 때문에 아주 많은 위험(?)에 노출되어 있다(등산 가면 개를 그렇게 많이들 데려온다.).

사람들만큼이나 개들도 자기주장이 아주 강하기 때문에 물고 물리는 사고가 잦다. 부자들만 사는 산동네에는 가끔 코요테가 출몰하고(가끔 퓨마도 나온다.), 집 지하에는 독거미가 나오기도 하고, 등산하다 방울뱀에 물릴 수도 있다. 풀 중에 Foxtail이라는 놈은 여름철에 기승을 부리는데, 강아지풀처럼 생겨서는 낚시 바늘 끝처럼 뾰족해서 한번 박히면 계속 안으로 파고든다. 개들이 산책하러 나갔다가 갑자기 발을 아파해서 병원에 오면 조그만 상처 안에 이 풀이 박혀 있는 경우가 많다. 개가 이 풀을 킁킁거리다가 이 풀이 폐까지 넘어가서 심각한 만성 염증을 일으키는 케이스도 봤다.

미국은 원체 넓다 보니 지역별로 토착 질병 같은 것도 많은데, 대표적인 토착 질병이 '곰팡이성' 질병이다. 미국의 주마다 토양이나 물속에 들어있는 곰팡이가 다르기 때문에 수의사도 일하는 지역을 옮기면 그 지역에서 창궐하는 곰팡이병부터 알아야 한다. 또한, 미국 보호자들은 자기 고집이 매우 세고 서양의학을 불신하는 사람도 꽤 많아서 백신을 하라고~ 하라고~ 해도 안 하다가 감염성 질병에 걸린 강아지 고양이를 데려오는 경우도 많다.

(서양의학을 불신하는 사람들 덕에 수의 침술이 꽤 각광을 받고 있다. 실제로 관절염 환자들이 침을 맞고 좋아지는 경우가 많이 있다.)

한국의 일선 병원에서는 보지 못했던 것 중에 미국 동물병원은 아무리 작은 병원이라도 반드시 'Isolation'이라는 감염 병동이 법적으로 따로 있어야 한다. 감염 병동은 다른 입원 환자들과 격리된 방에 있는 입원 케이지로써 감염병이 의심되는 환자만을 수용하며 그 방에 들어가고, 나갈 때는 위생복과 장갑 착용을 엄격히 지켜야 하는 시설이다(그 안에서 쓴 도구들은 바깥으로 나오지 못한다.).

개의 감염병 중에서 면역력이 약한 유아기에 주로 걸리는 'Parvovirus Enteritis(파보바이러스 장염)'라는 것이 있다.

파보라는 바이러스가 일으키는 장염인데, 이 병에 걸리면 피가 섞인 설사를 물처럼 주륵주륵 계속 싼다. 미국 수의대 병원 로테이션을 돌 때 'Isolation Shift'라고 해서, 감염병 환자가 들어오면 8시간 동안 감염 병동 내에 들어앉아 처치하는 당번 리스트가 있었다. 모두 제발 자기 근무 날에 감염병 환자가 오지 않기를 간절히 바라는 그런 근무였다. 어린 강아지가 병원을 찾았는데 설사, 거기다가 피똥을 싼다?

Parvo병일 확률이 높다.

강아지는 바로 'Isolation'으로 격리되고, 그날 당번 학생이 호출된다. 우리는 감염 병동을 'Parvoland'라고 불렀다. 당번 학생을 호출하는 것은 당직 인턴의 역할인데, 집에 있다가 응급 콜을 받으면 "Welcome to Parvoland!"라는 인턴의 목소리를 들을 수 있다.

병에 걸린 강아지는 진짜 물처럼 똥을 주륵주륵 계속 싸기 때문에 현실은 진짜 시궁창이었다. 한번 들어가면 8시간은 거기 계속 있으면서(물론 위생복을 벗으면 밖에 나올 수 있다!) 매시간 정해진 약물을 주입하고, 대부분 시간은 물똥을 치우고 강아지의 항문이 헐지 않게 씻겨주고 베이비 파우더를 두드려줘야 했다. 강아지의 Mental Support를 위하여 어루만져주고 같이 놀아주는 것도 치료의 한 부분이라고 닥터들은 강조하긴 했다. Parvo병은 바이러스성 질병이기 때문에 딱히 치료는 없고 흔히 말하는 'Supportive' 치료법을 쓴다.

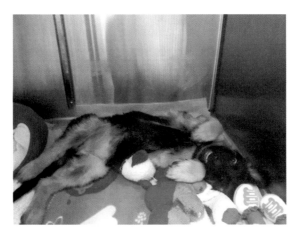

Figure 22. 파보 장염에 걸렸던 강아지

탈수되지 않도록 혈관을 통해 충분한 수액과 아프지 않도록 진통제를 주고, 위장관이 편하도록 하는 약물 주사를 놓고, 혹시 모를 2차 감염을 예방하기 위하여 약한 항생제를 처방한다. 며칠 입원 치료해서 스스로 밥을 먹기 시작하면 집에 보낼 수 있었다. 한국 수의대를 다닐 때는 파보 장염이 무시무시한 질병이어서 걸리면 죽는 병인 줄 알았지만, 적절한 타이밍에 보조적 치료법을 잘 해주면 80~90% 생존 확률이 있는 질병이다. 뭐니뭐니해도 백신을 어렸을 때부터 스케줄에 맞게 잘 주면 예방할 수 있는 질병이다.

진드기성, 곰팡이성, 기생충성, 독극물 질병 등 온갖 별의별 질병에 걸려서 오는 애들이 많기 때문에 미국은 정말 다이나믹한 케이스들을 많이 볼 수 있다.


### ∵ 고양이를 이기는 법

미국에 오니 고양이를 한국보다 훨씬 자주 접하게 되었다. 내 경험상 고양이는…, 정말 개냥이 같은 소수를 제외하고는 다루기가 힘들다.

고양이는 개보다 인간과 같이 산 역사가 훨씬 짧아서 아직 길들지 않은 야생성이 남아 있다. 특히 미국에는 자기 마음대로 집 안팎을 돌아다니는, 막 사는 냥이들이 많기 때문에 기본적으로 인간이 자기한테 뭐라 하거나 건드리는 걸 잘 용납하지 않는다. 이렇게 성질이 더러운 아이들도 많은데 이놈들은 몸을 정말 자유자재로 잘 쓴다. 개들은 몸을 딱 못 움직이게 보정하면 움직임의 폭이 그렇게 크지는 않지만, 고양이들은 피부나 몸통 자체가 젤리처럼 엄청나게 유연해서 개처럼 보정했다가는 쑥 빠지기가 일쑤다. 거기다가 개는 이빨만 조심하면 되지만 고양이는 이빨과 함께 강력한 발톱을 가지고 있다. 좀만 맘에 안 들면 발 안에 숨겨져 있던 발톱을 꺼내서 닥치는 대로 할퀸다.

그래서 고양이를 대할 때는 더 조심해야 하는데, 고양이를 제압하는 방법으로는 단계별로 여러 가지가 있다.

Figure 23. 포획틀로 잡아야 하는 사나운 고양이

우선 가장 기본적으로 타월로 Burrito처럼 만들어서 꽁꽁 싸매는 것이다. 우리나라 말로 하면 '김밥을 만다.'라는 표현을 쓸 수 있을 것 같다. 고양이에게서 피를 뽑아야 하는데 환자가 협조적이지 않을 때는 몸통을 타월로 진짜 빈틈없이 똘똘 만 다음 뒷다리만 타월에서 살짝 빼서 정맥에서 혈액을 채취한다. 타월로 꽁꽁 싸매면 특히 앞발을 쓰지 못하기 때문에 할큄을 당할 염려가 조금 줄어든다. 하지만 이 타월 싸매는 것은

숙련된 테크니션들이 해야지 나처럼 엉성하게 했다가는 옆구리 터진 김밥처럼 순식간에 앞발을 빼서 공격을 가할 수 있다.

아예 접근할 때부터 "크아아앙~~!" 하는 소리를 내면서 위협을 가하는 녀석은…, 약을 써야 한다. 마취약은 주사제와 호흡제가 있다. 주사제는 주사기를 순식간에 허벅지 같은 데 찌르면 된다. 다른 방법으로는 고양이를 『엑스맨』의 매그니토가 갇혀 있던 감옥같이 생긴 플라스틱 상자에 집어넣은 후 호흡 마취기를 연결하여 마취 가스를 들이마시게 한다. 마취되면 꺼내서 처치한다.

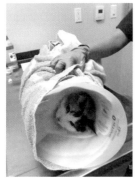

Figure 24. 고양이를 보정하기 위해 타월로 Burrito 싸기(왼)

Figure 25. 마취용 가스 상자에 넣어서 고양이 진정시키기(오)

문제는 내면의 악을 숨기고 있다가 갑자기 그것을 드러내는 아이들이다. 한번은 꽤 얌전한 사바나 고양이가 숨을 잘 못 쉬어서 병원에 온 적이 있다. 사바나 고양이는 아프리카에 있는 살쾡이 같은 동물과 집고양이를 교잡해서 만들어진 비교적 새로운 종이다. 얘네들은 마치 귀족을 부를 때 찰스Ⅲ세라고 하는 것처럼 Breed 옆에 몇 세대인지도 표시가 되는데 애는 1세대였다. 그래서 그런지 몸집이 꽤 크고 문양도 표범 무늬를 하고 있었다.

기침을 계속 해서 가슴 X-ray를 찍기로 하고 X-ray 테이블에 눕혔다. 테크니션은 앞다리와 머리를 잡고, 나는 뒷다리를 잡고 X-ray를 찍으려는 찰나, 갑자기 고양이가

"캬앙아아!"

소리를 내면서 테크니션 손에서 앞발을 빼고서는 순식간에 냥냥펀치를 날렸다. 공격당한 테크니션은 잡고 있던 손을 놓았고, 나도 미친 고양이는 잡고 있고 싶지 않아서 당장 다리를 놔 줬다. 테크니션의 손등에는 처음에는 구멍이 하나 뽕 뚫린 것처럼 보이더니 이내 거기서 피가 줄줄 흐르기 시작했다. 일단은 거즈로 상처 부위를 막았다. 다행히 X-ray 찍는 방의 문이 닫혀 있어서 고양이는 한쪽 구석에서 이빨을 드러내면서 "크아아앙~" 거리고 있었다. 나는 얼른 밖에 있던 다른 테크니션들한테 도움을 구했다. 두꺼운 가죽장갑과 그물 같은 것을 가지고 와서야 고양이는 제압되어서 캐리어에 집어넣을 수 있었다. 공격당한 테크니션은 손등 쪽 정맥을 제대로 맞아서 피가 계속 흘렀고 손바닥에는 고양이의 발톱이 두 개 박혀 있었다(짧은 순간에 몇 번이나 냥냥펀치를 날린건지…).

그나마 손을 공격당해서 다행이지 얼굴 또는 눈을 그렇게 찔렸으면 진짜 큰일 날 뻔한 일이었다.

고양이를 대할 때는 절대 방심해서도 안 되고, 고양이를 호랑이 대하듯 해야 한다는 체험이었다.

## ∴ 똥과 친해지기

응급병원, 동네병원, 3차 종합병원에 보호자들이 방문해서 호소하는 가장 빈번한 증상은 무엇일까?

바로 '설사'이다. 그렇다. '설사'라는 증상은 별거 아닌 일시적인 증상일 수도 있지만, 어떤 경우에는 위중한 병의 전초 증상일 수도 있다.

그래서 그런지 수의사로 일하기 위해서는 '똥'과 매우 친숙해야 한다.

(사실 대동물 실습을 하러 가서 소똥 밭에서 며칠만 일하다 보면 강제로 익숙해지긴 한다.)

주사 같은 것을 놓다가 깜짝 놀란 환자가 싼 똥을 치우는 건 다반사고 폭풍설사 환자들이 오면 신발과 바지에도 똥이 묻는 날이 많다(최악은 폭풍설사 입원 환자를 담당할 때이긴 하다.). 가끔은 뜻밖의 따뜻함을 가운 주머니와 같은 곳에서 느낄 때가 있다. 작은 요크셔테리어 같은 아이들을 한 손에 들어서 겨드랑이에 끼고 대기하고 있다가 강아지가 '똥이나 먹어랏!' 하고 응가를 해서 똥이 자연스럽게 가운 주머니로 골인하게 된 것이다(나도 말로만 듣다가 한번 당했다.).

개는 똥 말고도 엉덩이에서 분비되는 것이 하나 더 있는데 바로 '항문낭'이다. 항문 양옆으로 두 개가 있는데, 옛날 늑대 시절부터 영역표시를 하기 위한 분비물을 분비하는 기관이다. 이 분비물은 비릿한 냄새가 꽤 강하게 나며 강아지들이 서로 처음 만나면 통성명을 위해 엉덩이에 코를 대는 것도 이 냄새를 확인하기 위함이다. 마치 주민등록증 같은 역할을 하나 보다. 원래 개들은 똥을 눌 때 항문낭이 압박되어 분비물이 자연스럽게 짜져야 하는데, 많은 개가 이 기능이 퇴화한 건지 보호자가 손수 짜 주지 않으면 꽉 차게 되어 불편함을 느낀다(엉덩이를 핥거나 땅에 질질 끌고 다 닌다.). 한국은 개들이 작은 편이고 보호자들도 잘 가르쳐 드리면 곧잘 항 문낭을 짜신다. 하지만 미국은 큰 개들이 워낙 많고 항문낭 짜는 걸 엄청 역하게 생각하는 보호자들이 많아서 항문낭만을 짜기 위해 병원에 데려 오는 경우가 많다. 한국에서는 동물병원 간 경쟁이 치열해서인지 항문낭 짜는 게 '서비스'처럼 무료로 제공되는 곳이 많지만, 미국은 얄짤 없이 항 문낭 짜는 값을 청구한다.

항문낭을 짤 때는 장갑을 끼고 검지를 항문에 넣고, 검지와 엄지손가 락으로 항문낭을 한쪽씩 지그시 누르면 액체 또는 진득한 분비물이 여드 름 짤 때처럼 나온다. 조심해야 할 것은 항문낭이 잘 안 짜진다고 얼굴을 항문 근처에 대고 보다가는 가끔 폭탄처럼 분출된 항문낭을 얼굴에 맞을 수 있으니 조심해야 한다. 그래서 눈으로 항문낭을 보기보다는 손가락으 로 통통한 주머니를 느끼면서 스플래시 데미지를 입지 않는 거리에서 낭 을 짜야 한다.

가정의학과 로테이션을 돌던 중 한 보호자가 져먼 셰퍼드 강아지를 설 사 증상 때문에 데려왔다. 폭풍설사를 너무 해서 급히 데려왔다는데, 강 아지는 굉장히 활발하고 별로 아파 보이지는 않았다. 백신도 다 맞은 상 태였으며 밖에서 노는 걸 즐기는 아이라고 했다. 간단히 보호자와 강아지 History에 대해서 얘기한 후 처치실로 데려왔다. 닥터는 나에게 뭐가 문 제일 거 같느냐고 물어봤다. 예전에 장난감 레고를 먹어서 장을 자극하여 폭풍설사하는 애를 봤던지라 나는 이물질 섭취일 수 있을 것 같다고 말했다. 닥터는 'Possible~'이라고 하면서 뭔가 다른 건 없느냐고 물어봤다.

설사하는 환자를 진단할 때는 직장검사를 꼭 해야 한다. 직장검사를 하지 않는 경우는

'If you don't have a finger' or 'If the patient doesn't have an anus.'(네가 손가락이 없거나, 환자가 항문이 없는 경우이다.)라고 할 정도이다.

닥터가 직장검사를 위해 장갑을 끼고 왼손으로는 꼬리를 들어 올리고 오른손가락을 항문에 넣는 순간, 마치 샷건이 발사되듯이 설사가 사방으로 '쫙~!!' 하고 분사가 되었다. 닥터 몸과 주변 서랍장이 삽시간에 똥칠이 되어 버렸고 역한 냄새가 진동하기 시작했다. 테크니션들이 와서 똥을 치우고 닥터는 'We got the poop!'이라고 하면서 대수롭지 않게 설사를 플라스틱 통에 주워담았다. 그리고서는 옷 갈아입고 올 테니 나보고 기생충 검사를 한번 해보라고 했다.

특히 그 중에서도 Giardia 테스트를 해 보라고 했다. Giardia라는 기생충을 검사하기 위한 Kit에 똥을 묻혔더니 '양성' 결과가 나왔다. 강아지는 Giardia에 오염된 물을 먹고 기생충에 감염되어 폭풍설사를 해댄 것이다. 강아지에게는 간단한 기생충 약을 처방하고, Giardia는 사람도 걸릴 수 있기 때문에 보호자한테도 청결을 당부했다.

책을 찾아보면 Giardiasis 증상에 'Severe Diarrhea(폭풍설사)', 'Foul Odor(역한 냄새)'라는 설명이 쓰여 있다. 사실 설사를 동반하는 질병에는 보통 Diarrhea라고 쓰여 있지 'Severe' Diarrhea 또는 'Explosive'

Diarrhea라고 쓰여 있지는 않다. 책으로 공부할 때는 'Explosive Di-arrhea'라는 설명이 있어도 그러려니 하고 넘어갔었다. 하지만 경험적으로 느끼고 나니 왜 그 많은 저자가 보수적으로 쓰인 Textbook에 굳이 'Severe Diarrhea', 'Foul Odor'라는 단어를 집어넣었는지 이해가 되었다. 아마 저자들도 다들 한 번씩 똥 폭탄을 맞고서는 저 단어를 써야겠다고 생각하지 않았나 싶다.

## ∵ Shelter Medicine

미국 수의대 본과 4학년 Clinical Rotation 과정 중에는 'Shelter Medicine'이라는 과가 있다. 우리나라로 치면 유기동물 보호과라는 곳이다. 미국도 한국과 마찬가지로 버려지는 애완동물이 매년 증가하는 추세이고, 이들을 위탁했다가 재입양 보내는 Animal Shelter(동물 보호소)의 역할이 강조되고 있다. 일부 미국 수의과대학에는 Shelter Medicine 인턴, 레지던트 과정도 있어서 체계적으로 대형 Shelter를 운영하는 방법을 연구하고 있다.

Shelter Medicine의 목표는 밀집 사육 환경에서 동물 간의 전염병을 미리 예방하고, 원치 않는 임신과 출산을 막기 위해 중성화 수술을 시키는 것이다. 중성화란, 곧 수술을 말하기 때문에 수의대생에게 있어서 Shelter Medicine 로테이션은 수술 테크닉을 익히는 과정이라고 할 수 있다. 매일 아침마다 유기 동물 보호소에서 중성화 수술이 필요한 유기견(또는 묘)을 학교로 데려온다.

중성화는 수컷과 암컷의 난이도가 매우 다르다. 수컷 중성화의 경우 쉽게 설명하자면 음낭을 손으로 한쪽 방향으로 힘껏 몬 다음 칼로 살살 절개 구멍을 내주면 어느 순간 고환이 '뽁!' 하고 모습을 드러낸다. 그러면 고환을 밖으로 꺼내서 혈관과 정관을 묶어준 다음 고환을 자르면 된다. 조금만 숙달되면 5분이면 끝나는 과정이다.

하지만 암컷 중성화의 경우에는 수컷보다는 훨씬 어렵다. 복강 내부에 있는 난소와 자궁을 드러내야 하기 때문에 더 큰 수술인 것이다. 책을 통해서 수술 과정을 공부할 때는 내부 장기들이 서로 다른 색깔로 구분하기 쉽게 설명이 잘 되어 있다. 하지만 직접 복강을 열어서 좁은 틈 사이로 보면 분홍빛이나 허여멀건한 것들이 서로 얽혀서 뭐가 뭔지 구분하기가 쉽지가 않다. 특히 혈관을 잘못 건드려서 출혈이라도 있으면 모든 게 빨갛게 되어 버려서 뒤죽박죽 되어 있는 모습이다. 수술을 쉽게 말하자면 물건들이 서로 섞여 있는 상자에다 밖에서 작은 구멍을 낸 다음 그 구멍을 통해서 상자 안에 섞여 있는 물건 중에 원하는 것을 꺼내서 제거하는 것이라고 할 수 있다. 구멍을 크게 만들면 내부 장기들이 더 잘 보이긴 하지만 봉합에 시간이 더 걸리기 때문에 숙달된 수의사일수록 정확한 위치에 작은 구멍을 만든다.

수술 한 케이스당 학생 수술자, 학생 마취 담당자, 그리고 교육 닥터가 배정되어 처음부터 끝까지 책임지고 한다. 한국과 미국의 시스템 차이를 내 경험에 비추어 얘기해 보자면, 한국은 수의대 졸업 후 막내 일부터 시작해서 최소 1년을 배워야 비로소 직접 진료 또는 수술을 할 수 있다. 하지만 인건비가 비싼 미국에서는 졸업 후 바로 써먹지 못하는 수의사는 현장에서 쓸모가 없다. 그래서 본과 1~3학년 동안 '실질적'으로 필요한 것들을 압축적으로 교육시킨 뒤 본과 4학년 때부터 그냥 바로 실전에 투입한다. 미국 수의대 학생들이야 본과 1학년부터 체계적으로 실전 위주로 교육을 받은 뒤 현장에 오기 때문에 금방 적응하지만, 실전보다는 이론 위주인 우리나라 수의대에서 배운 나는 실전에 바로 던져지니 처음에는 우왕좌왕하는 일들이 많았다. 현실은 교과서와 딴판일 때가 많지 않은가. 다른 과에 비해 실전 테크닉이 중요시되는 Shelter Medicine에서 나는 (명색이 한국에서는 정식 수의사이지만) 하루하루 부끄러움을 무릅쓰고 미국 본과 3학년 학생에게도 모르는 것을 물어봐야 했다. 그러면 이 친구들은 신나서 아주 잘 설명해 주었다.

내 첫 수술 날이었다. 이전에 몇 번은 부분적으로 암컷 중성화를 해본 적이 있지만, 처음부터 끝까지 나 혼자 하는 것은 처음이었다. 온전히 혼자서 시작과 끝을 내야 하기 때문에 그 전날 외과 교과서도 읽고 유튜브 동영상(?)도 많이 봤다. 교육 닥터는 마취도 관장해야 해서 수술복을 입지 않고 수술대에서 약간 떨어져서 말로 나에게 지시를 내렸다. 살아있는 생명체의 배를 여는 것은 생각보다 굉장히 부담이 간다. 옛날 아주 첫 수술 때만큼은 아니지만, 수술칼을 잡은 내 손은 미세하게 떨렸다.

배에 절개선을 낸 다음 복강을 열었다. 약 4cm 정도 되는 절개선을 통해서 나에게 보이는 것은 허여멀건 내장지방뿐 이었다. 이제 복강 어딘가에 숨어 있는 난소와 자궁을 찾아서 복강 밖으로 노출을 시켜야 한다. 그걸 찾기 위해 뭉뚝한 갈고리처럼 생긴 도구를 쓴다. 개의 자궁은 사람과 달리 긴 Y자 형태로 생겼는데, 그 갈고리를 넣어서 Y자의 한쪽을 갈고리 끝에 건 다음 들어 올려서 드러내야 한다. 복강 내부 장기들의 3차원 위치를 머릿속으로 그리면서 자궁이 있을 위치에 갈고리를 집어넣어 들어올리려야 한다. 첫 번째 시도에서는 소장이 걸려 올라왔다. 그래서 잘 집어넣어 주었다. 두 번째 시도에서는 뻘건 것이 올라왔는데 내 의도와 달리 비장(=면역과 혈액 관련 일을 담당하는 기관)이 딸려 올라와서 다시 잘 집어넣었다. 세 번째 시도에서는 자궁 한쪽이 잘 올라와서 그다음 단계로 넘어가려고 했다. 그런데 복강 안에서 선혈과 피떡이 보이기 시작했다. 보통 수술 중에는 혈관을 건드리지 않는 이상 선혈이 보여서는 안 되는데 선혈이 보였다는 것은 내가 무엇인가를 잘못 건드렸다는 뜻이었다. 등에서 식은땀이 나고 잠잠하던 손이 떨리기 시작했다. 닥터는 나에게 수술을 멈추라고 하고 수술대에 들어오기 위해 수술복과 장갑을 착용하기 시작했다. 옆에서 마취하던 학생은 나에게 "Calm down man~, it will be alright."라고 진정시켜 주었다. 나는 어디서 피가 나는 걸까 생각하려 했지만, 갑자기 머릿속에서 사고가 정지한 것 같은 느낌이 들었다. 닥터가 수술대에 들어왔고 나에게 절개선을 연장하라고 말했다. 당황한 나에게

"These things happen, so calm down and chill(이런 사고는 발생할 수 있어. 그러니까 긴장 풀고 침착해.)."라고 말해 주었다.

내가 절개선을 연장하자 닥터는 복강에 손을 넣어 비장 일부분을 드러내 나에게 보여 주었다. 아까 내가 갈고리로 걸어 올렸던 비장에 상처

가 나서 피가 찔끔씩 나오고 있었다. 갈고리 끝이 뭉툭하긴 하지만 연약한 비장에 상처를 낸 것이었다. 닥터는 지혈용 스펀지를 상처 부위에 대고 꾹 누르면서 3분을 기다리면 된다고 했다. 사실 이 닥터는 거의 60대의 할머니인데 학생들 사이에서는 평이 극과 극인 분이었다. 스타일 자체가 한국 군대식 츤데레 스타일인 사람이었는데 어떤 애들은 지시가 명확하다고 좋아했지만, 어떤 애들은 꼰대 같은 사람이라고 엄청나게 싫어했다. 미국 애들은 가끔 보면 옳든 그르든 자기 생각에 간섭하는 사람을 매우 싫어한다. 어쨌든 비장의 상처는 지혈되었고 닥터는 나에게 다시 수술을 진행하라고 했다. 한쪽 자궁과 난소를 제거하고 다른 쪽도 마찬가지로 제거했다. 수술 중간중간에 닥터는 나에게 테크닉적인 Tip들을 하나하나 잘 설명해 주었다. 이 닥터를 싫어하는 애들은 이러한 Tip들이 자신의 수술에 간섭한다고 간주했던 게 아닌가 싶었다.

수술을 잘 끝내고 하루를 마무리하는 회의에서 닥터는 나에게 오늘 있었던 일을 설명하라고 했다. 나는 갈고리로 비장을 잘못 건드려서 출혈이 있었고 어떤 방법으로 그것을 멈추었는지 다른 학생들에게 설명했다. 그리고 다른 닥터들과 학생들은 중성화 수술 과정 중에 출혈을 목격할 시 출혈 부위로 가장 가능성이 높은 장기와 그 방지책에 관해 얘기하고 출혈량에 따라 어떤 추가적인 조치를 취해야 하는지 얘기했다. 내가 오늘 봤던 출혈량은 사실 개의 생명과는 아무 지장이 없는 양이었다(놔뒀으면 큰일날 일이지만).

Shelter Medicine을 시작할 때 닥터에게 이러한 질문을 한 적이 있다.

아직 미숙한 수의대 학생들에게 보호소 강아지들의 수술을 맡기는 것에 대하여 개인적으로 그리고 사회 여론은 어떻게 생각하는지. 그랬더니 닥터가 말했다.

"수의사 면허를 따고 경력이 몇 년이 되었든 누구에게나 첫 수술의 순간이 있을 것이다. 졸업하고 나가서 개인 병원에서 제대로 된 지도 없이 첫 수술을 하기보다는 어차피 처음 할 거면 학교에서 제대로 된 Trainer에게 가장 기본이 되는 수술은 배우고 졸업을 하는 게 낫지 않겠나. 또한, 생명의 경중을 논할 수는 없지만, 주인이 있는 개와 유기견 둘 중에 첫 수술 상대를 정하라고 한다면 그나마 법적 책임이 덜한 유기견이 첫 상대가 되는 게 당연히 낫다. 네가 여기서 유기견을 상대로 수술하지 않고 졸업하면 너를 기다리는 첫 환자는 언제든 너를 고소할 준비가 되어 있는 주인 있는 개가 될 것이다. 또한, 유기견 보호소에 있는 개들은 중성화를 통해서 더 이상의 번식을 하지 않게 되고 입양을 원하는 사람도 추가로 중성화 수술 비용을 내지 않을 테니 서로가 좋은 것이다."라고 말해 주었다.

Shelter Medicine을 돈다고 해서 매일 수술을 하는 것은 아니다. 그 이유는 현지 수의대 본과 3학년 학생들에게 당일의 수술 케이스가 우선 분배가 되고, 남은 것들을 본과 4학년 또는 나 같은 외부 출신 학생들이 하기 때문이다. 나에게 배정된 수술이 없으면 본과 3학년을 보조하는 역할을 맡는데, 보조하면서 본 결과 초보 수술자는 어떤 형태든지 문제에 봉착하게 된다. 그러면 교육 닥터는 그것을 Troubleshooting 하는 것을 가르쳐 준다. 이러한 문제를 해결하는 방법을 모르고, 아니 어떤 문제가 있는지 알지도 못한 상태로 졸업하고서 나를 도와줄 사람도 없는 개인 병원에서 수술하다가 문제가 발생한다 생각하면 참 끔찍하다. 그런 면에서 졸업 전에 일대일로 충분한 수술 케이스를 접하고 수의사로 배출이 되는 미국 시스템이 부럽긴 하다. 물론 등록금이 한국 수의대의 몇 배이기에 가능한 얘기이긴 하지만 말이다.

# Friday Feast

미국에서 공부하면서 느낀 것은 여기 사람들은 바쁜 와중에도 끊임없이 즐거움을 찾으려 한다는 것이다. 오클라호마 동물병원 로테이션에서는 항상 셋째 주 마지막 금요일은 'Friday Feast'라고 해서 집에서 직접 요리해 와서 점심때 나눠 먹는 것이 전통이다.

가장 기억에 남는 것은 나의 가장 첫 로테이션인 'Equine Medicine'의 Friday Feast이다. 한국에서 요리를 거의 해본 적이 없는 나는 도대체 무얼 만들어가야 하는지 떠오르지 않았다. 처음엔 김밥을 해 갈까 생각을 했다. 근데 이게 일일이 재료 준비하기도 귀찮고 대나무 말이도 없어서 포기했다. 결국엔 그냥 불고기를 해가기로 했다. 월마트에는 소고기를 두껍게 파는 것밖에 없어서 근처에 있는 작은 한인 마트에 가서 얇게 썬 소고기를 산 다음 거기서 파는 불고기 소스로 재워서 하루 나눴다가 양파, 아스파라거스, 그리고 집에 있는 채소를 넣고 볶아서 금요일 아침에 학교에 가져갔다.

'이 정도면 되겠지?' 싶었던 내 생각은 처참히 깨졌다.

일단 가장 웃겼던 것은 얘네는 집에서 'Crock Pot'이라 해서 저온에서 오랜 시간 동안 요리할 수 있는 약간 밥솥처럼 생긴 것을 차에 실어 학교에 가져왔다. Crock Pot에다가 돼지 또는 소의 지방이 없는 살을 넣고 바비큐 소스를 넣고 계속 푹~ 익히면 나중에는 엄청나게 부드러워져서 칼로 썰어서 먹는 방식이었다.

그리고 또 기억에 남는 것은 집에서 바비큐 그릴을 가져왔던 친구였다. 미국 사람들은 'Pickup Truck'이라 해서 뒷부분이 트럭처럼 짐을 실을 수 있는 차를 많이들 탄다. 그 친구는 자기 픽업트럭에 바비큐 그릴과 숯을 학교로 실어 와서 직접 준비한 햄버거 패티를 구워 집에서 손질해온 토마토, 양상추, 양파를 넣고 햄버거를 만들어 주었다.

제일 최고봉이었던 친구는 자기가 직접 낚시한 물고기를 집에서 손질해 와서 학교에 튀김기를 가져와서 식용유를 넣고 직접 튀김을 한 녀석이었다. 학교 밖 주차장에 테이블을 편 뒤 그 위에 튀김기를 올려놓고 튀김옷을 입힌 물고기를 하나하나 튀겨서 교실 회의실로 가져왔다.

내가 타파 통에 가져간 불고기가 왠지 내놓기 초라할 만큼 이 친구들은 Friday Feast에 온 정성을 다하는 것이었다! 이게 뭐라고 이렇게 쓸 데없이 에너지를 쓰는지 도저히 이해가 되지 않았다. 그렇다고 해서 그날이 뭐 휴일이나 그런 것도 아니었다. 오전 치료와 외래 환자도 보는 날인데 이 친구들은 새벽부터 와서 요리에 온 정성을 다하는 것이었다.

'아, 이럴 줄 알았으면 좀 뭐라도 더 해올걸…' 하는 생각이 들었다.

나는 뭐 바비큐 그릴, 튀김기는 고사하고 Crock Pot도 없었기 때문에 아침에 집에서 볶은 불고기와 밥솥에서 퍼온 밥을 학교 냉장고에 넣어 놓고는 점심 즈음이 되어서 불고기와 밥을 꺼내서 전자레인지에 데운 다음 회의실 식탁에 올려놨다.

'그래도 한국 음식이라고 애들이 궁금해할 텐데, 내가 Korean Food 망신 주는 건 아닌가?' 싶었다.

'이럴 줄 알았으면 당면도 넣고 버섯도 좀 더 넣을걸. 아니면 토르티야라도 싸와서 불고기를 싸먹으라 할걸. 애네들은 진득한 밥 안 먹어 봤을 텐데.' 하는 생각이 들었으나 이미 엎질러진 물이었다.

회의실 한쪽에 뷔페처럼 회의실 식탁에는 샐러드, 햄버거, 생선 튀김, 온갖 디저트, 음료가 쭉 나열 되어 있고 내 불고기가 한쪽에 놓여 있었다. 마치 음식 경연 대회를 하는 것처럼 저마다 "내가 제일 맛있지!" 하고 외치고 있었다.

일단 내가 먹은 것 중에는 생선 튀김이 가장 맛있었다. 솔직히 나는 생선 튀김이 그렇게 맛있을 줄 진짜 몰랐다. 직접 잡은 (종류가 무엇인지 모르는) 민물고기로 만들었다고 했는데, 살이 부스러지지 않고 아주 쫀득하니 간도 아주 잘 되어 있었다. 내가 지금껏 먹었던 튀김 중에 가장 맛있는 튀김이었다. 햄버거도 패티를 직접 구워서 바로 먹으니 수제버거처럼 진짜 맛있었다. Crock Pot으로 만든 고기 요리는 바비큐 소스 맛이 나고 연한 장조림과 비슷한 맛도 났다.

사람들이 하나둘씩 불고기를 먹기 시작했고, 이게 뭐라고 뭔가 긴장이 되었다. 드디어 한 친구가 나를 보면서 물었다.

"Hey Keeun, what is this dish called?(기은아 이 음식 이름이 뭐야?)"

내가 대답했다.

"It's called Bul-go-gi, and it literally means fire-meat in Ko-rean.(그건 불고기라고 해. 그리고 한국어로 직역하면 불에 구운 고기라는 뜻이야.)"

그랬더니 애들이 웃으면서 "I love Bulgogi! It's delicious!(이거 진짜 맛있어!)"라고 하기 시작했다.

솔직히 어제 내가 조금 구워서 먹어 봤을 땐 꽤 맛있긴 했었다. 뭔가 마음이 흐뭇해지면서 걱정이 조금 가셨다. 어떤 친구는 나한테 불고기 레시피를 알려달라고 했다. 그래서 나는 월마트에도 파는 불고기 소스로 재우고 하는 과정을 이메일로 보내줬다.

나의 첫 Friday Feast는 준비했던 것보다는 생각보다 성과가 좋았다. 정말 바쁜 과에서는 주변 음식점에서 시켜 먹지만 웬만하면 Home made recipe로 저마다 요리를 해 와서 먹는 행사가 바쁜 와중에 즐기는 잠시의 휴식이 아닌가 싶다. 참고로 이전에 있던 한국인 형은 유부초밥을 해 왔는데 시큼한 냄새 때문에 아무도 안 먹었다고 했다.

# 3

# California에서의
# 외부 실습

Shelter Medicine을 끝으로 나는 Oklahoma 수의대병원에서 돌아야 하는 모든 로테이션을 이수했다. 총 12개월의 프로그램 중에 마지막 3개월은 수의대 병원 밖에 있는 일반 병원에서 '실전' 경험을 쌓는 'Off-campus 로테이션'을 돌아야 했다. 어차피 나는 California에서 일하고 싶었기 때문에 외부 실습을 끝내고 바로 일할 수 있도록 모든 외부 실습 병원은 California에 잡아 놨다. 짧다면 짧고 길다면 긴 9개월을 살았던 아파트를 정리하면서 그간에 있었던 일들이 많이 떠올랐다. 새로운 곳에 와서 정착하고 영어로만 소통하는 이러한 일들이 나에게는 모두 새로운 일들이었다. 그리고 3주마다 바뀌는 로테이션, 그때마다 새로 만난 친구들과 조금 친해질 만하면 다시 바뀌는 로테이션…. 계속 새로운 것들의 연속이어서 체감상으로는 9개월보다 훨씬 오래 있었던 느낌이 들었다.

오클라호마에서 캘리포니아를 가는 데에는 내 중고차에 모든 것을 바리바리 실어서 가기로 했다. 지도상으로 보니 미국 한가운데에 있는 오클라호마에서 캘리포니아까지는 약 2,500km, 자동차를 타고 쭉 가면 23시간 정도 걸리는 거리였다. 미대륙의 반을 횡단하는 로드 트립을 떠난다는 생각에 설레기도 하고 드디어 이 조그만 오클라호마 'Stillwater'를 떠나 세계에서 가장 핫한 캘리포니아로 간다는 생각에 들 떠 있었다. 뭔가 시골에서 도시로 상경하는 느낌이 이런 것일까?

# 나를 놀라게 한 작은 공

하늘과 땅이 닿아 있는 끝없이 펼쳐진 도로를 음악도 듣고 노래도 들으면서 마냥 달렸다. 작년에 고속도로에서 구글맵 오작동으로 길을 잃었던 경험 덕에 GPS 내비게이션도 만반을 위해 준비했다. 버린다고 버렸지만, 혹시나 쓸 수 있을까 싶어 가져온 짐 때문에 내 차는 뒷좌석까지 박스로 가득 찼고, 내 오래된 중고차는 오르막이 조금만 있으면 힘들어하는 게 느껴졌다. 크루즈 기능을 켜 놓고 하염없이 달리면서 2시간마다 쉬었지만 역시 학교-집만 왔다 갔다 하던 나에게 첫날 10시간 운전은 쉽지 않았다. 그래도 숙소를 예약한 것을 취소할 수는 없었기에 계속 달려 청명한 하늘과 너른 들판 위의 소들을 보면서 피곤함을 조금씩 달랬다. 가끔 로드킬 당한 멧돼지, 사슴, 족제비 따위의 동물들이 길가에 보여서 안타깝기도 했다. 내 차 앞유리에는 자꾸 풍뎅이들이 자발적으로 로드킬 당해서 얼룩을 조금씩 만들어 나가고 있었다.

오전 9시에 출발했던 나는 점심 먹고 3시가 되니까 조금씩 졸리기 시작했다. 크루즈 기능을 켜고 있어서 졸다가 자칫하면 차선을 침범할 수 있기 때문에 잠시 주유소에 들러 쉬어도 보고 무지막지한 크기의 에너지 음료도 마셔 봤지만 크게 소용은 없었다. 졸음을 쫓기 위해 앞창문을 끝까지 내려 양쪽에서 바람으로 하여금 내 고막과 볼을 강타하도록 했더니 시끄럽고 좀 정신이 없긴 했지만, 졸음이 가시는 데는 효과가 있었다. 그렇게 한창 가고 있는데 왜 그게 있지 않은가. 서부 영화의 황량한 사막에 나오는 공처럼 굴러다니는 나무 부스러기?

갑자기 난데없이 지름 1m 정도 되는 나무 부스러기 공이 길가 옆에서 내 차 정면으로 쑹! 하고 날아든 것이다. 나무 공은 '퐉!!!' 소리를 내며 산산조각이 나면서 순간 정면 유리를 쓸고 지나갔다.

　"에구 깜짝이야!"

　난데없이 날아든 나무 공덕에 새가슴인 나는 놀라 자빠지는 줄 알았다. 별로 질량이 없는 나무 부스러기라서 전혀 충격이나 그런 건 없었고 그냥 깜짝 놀랐다. 나중에 차에서 내려서 보니 그릴(정면에 공기 들어가는 구멍)에 나뭇가지들이 박혀서 마치 수염이 난 것 같은 우스꽝스러운 모습을 하고 있었다. 찾아보니 나무 공을 'Tumbleweed'라 하고 많을 때는 떼거리로 도로를 덮친다고 한다. 나무 공도 박으면 이렇게 무서운데 질량이 꽤 되는 멧돼지는 진짜 큰 사고로 이어지겠구나 싶었다. 역시 운전은 조심 또 조심해야겠다. 사막에서 운전할 땐 모두 'Tumbleweed'를 조심하길!

## ∴ 응급동물병원 실습 1

미국 수의대병원에서의 'On-campus 로테이션'이 다 끝난 후, 나는 외부 실습을 위해 본격적으로 학교 밖에 있는 병원으로 실습을 나가기 시작했다.

첫 병원은 캘리포니아에 위치한 동물 응급전문병원이었다. 한국은 동물병원 간 경쟁이 워낙 심해서 24시간 운영하는 병원이 꽤 많지만, 미국은 오후 6시가 넘으면 일반 동물병원들은 거의 다 문을 닫는다. 오후 6시부터 문을 열고 익일 오전 9까지 일하는 병원들이 바로 응급전문병원이다.

(주말과 휴일에는 응급전문병원들은 24시간 운영이 된다.)

실습을 나간 첫날은 날씨가 아주 좋은 일요일이었다. (캘리포니아에 오긴 했지만, 관광이 아니라 생업을 위해 와서 바깥에 별로 나갈 일은 없다.)

학교병원에서만 응급 케이스를 봐 왔던지라 일선의 응급병원들에는 어떤 케이스들이 올까 기대가 되었다. 첫 환자로는 골든 리트리버와 스탠더드 푸들(스탠더드 푸들은 몸집이 크다.)이 내원하였다. 보호자 왈, 피자를 만들려고 도우를 2개 만들어서 키친에 올려놨는데 둘 중 한 놈이 날름 먹었다는 것이다. 골든 리트리버가 일단은 주범인 것 같은데, 푸들도 혹시나 몰라서 데려왔다고 보호자는 말했다. 나는 속으로

'피자 생 도우 먹은 게 문제가 되나?' 싶었다.

그런데 알고 보니 생 도우를 먹으면 그 안에 있는 이스트가 체내 온도에서 발효되어 알코올을 생성해서 Alcohol Toxicity를 유발하며 발효 결과 생긴 가스는 위 팽창을 일으켜서 큰 개에서 치명적인 '위뒤틀림증'으로

도 이어질 수 있다는 것이었다.

'흠…, 피자 생 도우가 이렇게 위험한 것이었군….'

나의 무지에 스스로 부끄러워졌다.

일단 골든 리트리버부터 처치를 시작하기로 했다.

(골든 리트리버는 친근한 만큼 아무거나 다 잘 먹기로 유명하다.)

처치는 생각보다 간단하다. 구토를 유발하는 주사를 놓으면 약 3분 뒤부터 개가 '우웩~우웩~' 하면서 토를 하기 시작한다. 녀석이 바닥에 토하면 치우기 귀찮으니까 토할 때 맞춰서 Bucket을 입 앞에 갖다 댔다. Bucket을 갖다 대서 토사물을 보니 생 도우와 사료 조각들이 있었다. 골든 리트리버는 자기가 왜 토하는지 영문을 모르겠다는 억울한 표정을 지으면서도 연신 꼬리를 살랑살랑 흔들어 댔다. 수액을 조금 맞히고 골든리트리버 가족은 집에 갔다. 그다음 환자 대부분은 설사, 구토를 주증으로 해서 온 환자들이었고 그에 준하는 처치를 받았다.

Figure 26. 포도를 먹어서 구토를 유도한 요크셔테리어

오후 3시쯤 됐을 때 갑자기 로비에 꼬마 아이가 엉엉 울면서 엄마와 강아지를 데리고 내원했다. 아이는 눈물 콧물 줄줄 흘리면서

"강아지랑 산책하러 갔다가 돌아왔는데 (훌쩍훌쩍) 우리 강아지가 갑자기 (훌쩍훌쩍) 쓰러져서 움직이지 않았어요. (엉엉엉엉) 막 가만히 움직이지 않아서 제가 흔들어서 깨우고 했는데 정말 죽은 줄 알았어요. (으앙앙앙앙) 제 친구 좀 살려주세요. (어엉어엉)"

닭똥 같은 눈물을 흘리면서 얘기하는 아이 옆에는 1kg 남짓한 아기 푸들이 꼬마의 엄마 품에 안겨 있었다. 꼬마 얘기만 들으면 강아지는 반 죽은 것 같지만, 강아지는 생각보다 멀쩡해 보여서 '이게 뭔가~' 싶었다. 일단 강아지를 처치실로 데려가서 간단한 체크를 하니 상태는 꽤 멀쩡했지만, 얼굴이 부어 있었다. 닥터도 그렇고 테크니션도 하나같이 "It's a bee sting."이라고 말했다.

호기심 많은 강아지가 산책하러 나가서 꽃밭에서 킁킁거리다가 특히 코쪽을 벌에 쏘이는 일은 이쪽에서 아주 흔하다고 한다. 강아지들은 벌에 쏘이면 과민성 쇼크(Anaphylactic Shock)가 와서 갑자기 주저앉거나 죽은 것처럼 쓰러질 수 있다고 한다. 자기가 사랑하는 강아지 친구가 갑자기 쓰러져서 죽은 것처럼 움직이지 않았을 때 그 꼬마 아이가 얼마나 충격을 받았을까?

한편으로는 그 순수한 마음이 귀엽게 느껴졌다. 치료를 받고 난 강아지

는 방방 뛰면서 다시 강아지답게 발랄해져서 집으로 갔다.

　오후 5시쯤 됐을까 갑자기 테크니션이 축 늘어진 고양이 한 마리를 안고 처치실로 데려왔다. 주인이 집에 오니 고양이가 쓰러진 채 발작을 하고 있었다는 것이다. 그 고양이는 나이가 많은 친구였는데 이전에 당뇨를 진단받아 계속 관리 중이었다고 했다. 닥터는 즉시 혈당을 체크하라고 했다. 피를 뽑아서 혈당이 낮은 것을 확인하자마자 고양이는 갑자기 앞발과 뒷발을 격렬하게 허우적거리면서 발작을 하기 시작했다. 나는 재빨리 산소 호스를 코에 갖다 댔고, 닥터는 당을 일단 올리기 위해 달달한 시럽을 잇몸에 바르기 시작했다. 발작이 조금 잠잠해지고 나서 정맥 카테터를 연결한 후 당분을 주사기로 주입하기 시작했다. 한 차례 또다시 발작이 있었던 후에 고양이는 안정을 되찾고 수액에 당을 섞어 맞기 시작했다.

　발작의 원인으로는 여러 가지가 있겠지만, 당 컨트롤이 제대로 되지 않는 환자에서는 '저혈당증'으로 인해 발작 증세를 보이는 경우가 있다. 나는 학교에서 배울 때 발작증세를 보이면 신경안정제를 일단 주입하라고 배우긴 했는데, 닥터 말에 의하면 저혈당증일 때는 당을 빨리 보충해 주면 금방 기력을 되찾는다고 했다. 당이 섞인 수액을 조금 맞고 나더니 고양이는 고개를 들고 야옹거리면서 안정을 되찾았다.

　응급병원에서 실습하면서 케이스가 들어오면 닥터는 플랜을 애기해 보라고 했다.

　"이렇게 저렇게 해서 이런 약을 씁니다."라고 나는 대답했다.

　그러면 닥터는 "그래서 몇 ml를 쓸거냐고?"라고 반문했다.

흠….

두루뭉술하게 어떤 약을 써야 하는지는 알고 있지만, 아직 나는 어떤 약물을, 어떤 용량, 어떤 주기로 써야 하는지는 잘 모르고 있었다. 시간이 충분한 케이스의 경우 책을 보고 용량을 보면 되지만 긴박한 경우에는 책을 찾아볼 시간조차 없을 때가 많다. 거기다가 제조사마다 약의 농도도 다를 수 있고 그게 입으로 먹는 건지 주사를 하는 건지 피하에 주입하는 건지 다 다르기 때문에 구체적으로 알지 못하면 짧은 시간에 제대로 대응을 할 수가 없게 된다. 일선 실전 병원에 나온 만큼 앞으로 나에게 남은 과제는 이론뿐 아니라 '실전'에서 쓰이는 구체적 방법을 익히는 것이다.

## ∵ 응급동물병원 실습 2

최근 들어 응급병원에 거의 매일 한 마리꼴로 들어오는 환자들은 증상이 '멍'해 보이다가, 자그마한 움직임에 '화들짝' 놀랐다가 다시 '멍~'해 있는, 뭔가 정신이 나간 것 같은 개들이다. 이 환자들은 이곳 라라랜드(다른 일부 주들에서도 볼 수 있음.)에서 올해 들어 폭증했는데, 바로 '마리화나' 중독 개들이다.

올해 1월 1일부로 캘리포니아에서는 유흥 목적의 소량 마리화나는 구매가 합법화되었다. 주인이 마리화나를 피우고서는 땅바닥에 꽁초를 버리면 개들이 그걸 집어 먹고 마리화나에 중독되는 것이다. 마리화나를 개들이 유독 잘 집어 먹는 이유는 도통 모르겠지만, 마리화나에 중독된 개들은 특유의 '자그마한 움직임에도 화들짝 놀라는 리액션'을 보이는 상태가 된다. 그런데 웃긴 건 주인들도 몽롱한 채로, 뭔가 정신이 나간 것 같은 상태로 개를 데리고 올 때가 있다는 것이다.

주인들은 개가 마리화나를 먹어 비틀거리면서 정신이 나가면 혼비백산하여 데려오지만, 치료는 생각보다 간단하다. 딱히 해독제가 있는 것은 아니고 수액을 잘 주고 소화제와 보조적인 해독 치료만 하면 정말 금방 기력을 회복한다. 우스갯소리로 여기 닥터들은 마리화나가 '명의' 제조기라고 한다. 대마에 중독되어 정신이 나간 것 같던 개가 하루 정도 입원 후 멀쩡해져서 돌아오니 주인들이 그렇게 고마워한다고 한다.

개가 먹어서는 안 될 음식을 먹고 응급실을 내원하는 환자도 매우 많다. 하루는 한국인 모녀가 귀여운 포메라니안을 데리고 왔는데 딸아이가 포메라니안을 안고서 울다가 웃다가 난리였다. 상황을 들어보니 여행을 갔다가 초콜릿을 사서 캐리어에 넣어놨는데, 포메라니안이 그걸 뒤져서 초콜릿 한 통을 다 먹었다는 것이다(초콜릿은 개에게 독성이 있다.).

나는 그 여자애가 우는 건 알겠는데 왜 웃느냐고 물어보니까 자기 강아지가 가방을 뒤져서 초콜릿을 맛있게 먹은 게 너무 귀여워서 웃음이 나온다는 것이었다(굴러가는 낙엽에도 깔깔거리는 나이인가 보다.).

초콜릿은 용량에 따라 개의 소화계, 순환계 그리고 신경계에 독성을 일으킬 수 있는 성분이 포함되어 있기 때문에 그냥 넘어갔다가는 큰 질병으로 이어질 수 있는 음식이다. 먹은 지 얼마 안 되었을 때라 바로 구토를 유발하는 약물을 주입하여 토하게 만든 후 수액을 좀 주고 보조적인 치료를 하고서 개는 집에 잘 돌아갔다.

그 후에는 포도를 먹은 요크셔테리어도 왔는데 역시나 토를 한 바가지 하고 포도알을 게워 내고는 집에 갔다(포도는 개에서 신장 독성이 있다.).

솔직히 우리 할머니 집 똥개는 뭐든지 잘 먹고 10년 넘게 잘 살고 있어서 뭔가 음식물에 관한 독성이 과장된 게 아닌가 싶긴 하지만 그건 내 사견이니까 치료는 프로토콜대로 해야 한다.

그렇게 오후 11시 정도까지 환자들을 받다 보면 어느새 조금 한가해지는 시간이 생긴다. 미국의 개들은 꼭 밖에 나가서 산책해야 똥오줌을 싸기 때문에 테크니션들은 이 시간대에 한 마리씩 데리고 나가서 산책을 시킨다.

'Shikoku Inu'라는 일본의 늑대처럼 생긴 개의 산책 차례였다. 나는 컴퓨터를 보면서 진료 기록을 보고 있었는데 갑자기 정문이 열리더니

"Dog Run!!"이라고 누가 소리치고는 문이 다시 닫혔다.

병원 안에 있던 다른 테크니션이 "Shit! Go out! Run!"이라고 소리를 질렀다. 나는 바로 개 목줄을 하나 챙기고 바로 밖으로 뛰어 나갔다. 문을 열고 나왔지만 컴컴한 길가에는 아무도 보이지 않았다. 그래서 더 밝은 큰 길가로 있는 힘을 다해 뛰어갔더니(뛰다가 돌부리 같은거에 걸려 넘어질 뻔 했다.), 먼저 뛰어온 테크니션 두 명이 개와 수풀 속에서 대치하고 있었

다. 나도 합세하여 개를 벽 쪽으로 몰아 퇴로를 차단한 후 가까이 있던 테크니션이 개에게 목줄을 두르려 하자 갑자기 개가 으르렁거리더니 한입 크게 베어 물려고 목을 쭉 빼 들었다.

"Oh my god!"이라고 하면서 다행히도 테크니션은 간발의 차로 몸을 피했다.

그냥은 안 되겠다 싶어 나와 테크니션 한 명이 개 앞에서 '우쭈쭈쭈' 하면서 정신을 뺏고 있는 사이 다른 한 명이 뒤쪽에서 목줄을 걸어서 다행히 잡을 수 있었다. 병원에 돌아와서 들어보니 산책을 데리고 나갔던 신참 테크니션이 목줄을 제대로 하지 않아 느슨해진 틈을 타, 개가 도망갔다고 했다. 다행히도 그 근처에서 담배를 피우던 다른 남자 테크니션이 그걸 보자마자 정문을 열고 안에 소리친 뒤 개를 함께 쫓았다고 한다. 신참 테크니션은 뛰다가 주차장 시멘트 구조물에 걸려 넘어져서 바지에 구멍이 뚫리고 무릎에서 피가 나면서도

"I'm so glad that the dog didn't disappear."라고 웃으면서 울었다.
(이날은 이상하게 웃으면서 우는 사람을 두 명이나 보게 됐다.)

실제로 개가 없어졌으면 병원은 보호자에게 소송을 당했을 수도 있고 이 지역 특성상 Shikoku Inu는 코요테로 오인되어 'Animal Control'

팀한테 사살됐을 수도 있다. 담배를 피우고 있던 날쌘 테크니션이 아니었
으면 진짜 큰일 날 뻔했다. 뭔가 예전에 〈말 탈출 사건〉이 떠오르면서 오
늘은 〈개 탈출 사건〉이네 하면서 웃음이 나왔다.

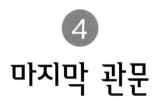

# 4

# 마지막 관문

# 🖋 취업하기

    미국 수의대 본과 4학년 로테이션을 돌면서 애들끼리 가장 많이 하는 얘기가

    "너 나중에 어디 가서 일할 거야?"이다.

    미국이란 땅이 워낙 넓다 보니 졸업 후 자기가 제일 좋다고 생각하는 곳으로 뿔뿔이 흩어지기 때문이다. 애들이 나에게도 물으면 나는 주저 없이

    "난 캘리포니아 갈 거야!"라고 대답하면, 애들은

    "와 거기 세금 엄청나게 높고 물가도 엄청나게 비싸다던데. 특별한 이유가 있는 거야?"라고 묻곤 했다.

    사실 특별한 이유라고 할 것도 없는 게 나는 캘리포니아 말고 다른 곳은 아예 알지를 못했다. 캘리포니아 중에서도 LA가 있는 남부 캘리포니아가 내가 아는 미국 전부였다. 옛날에 오신 한인 수의사 선배님들도 다 남부 캘리포니아에 주로 있으셔서 딱히 다른 곳을 갈 생각을 하지도 않았던 것 같다.

    미국 수의대병원의 On-campus Rotation을 다 끝낸 나는, 프로그램 후반부에 있는 Off-campus Rotation(외부 실습)을 하러 캘리포니아로 넘어왔다. 그때부터 캘리포니아에 있는 대형병원, 응급병원, 그리고 동네병원에서 '실전 경험'을 익혔다. 하지만 '실전 경험'보다 더 중요한 과제가 있었는데, 그것은 바로 '취업'을 하는 것이었다.

미국 수의대 학생들이야 연줄이 있는 아이들은 미리 취업할 병원이 정해져 있었지만, 나처럼 외국에서 온 애들은 연줄이랄 게 있을 리가 없었다. 그래서 일일이 병원 문을 하나씩 두드리는 수밖에 없었다. 즉, 수의사협회 사이트에 올라온 구인·구직란을 보고 일일이 이력서를 보내는 것이다.

미국 수의사협회 사이트(AVMA), 캘리포니아 수의사협회 사이트(CVMA) 그리고 남부 캘리포니아 수의사협회 사이트(SCVMA)에는 각각 구인·구직 게시판이 있다. 거기에는 병원 소개와 함께 채용하고자 하는 수의사에 대한 요구 사항 및 대우 조건이 올라와 있다. 동물종류(소동물, 농장 동물, 말, 특수동물), 경력(신참, 경력직), 연봉, 복지 등이 제시되어 있는 것이다. '연봉'란에는 대부분 병원이 'open'이라고 되어 있는데, 이는 내 경력과 능력에 따라 연봉을 결정하겠다는 의미이다. 3개월간 나는 무작정 구인 게시판에 올라오는, 거의 모든 동물병원에 이력서를 뿌렸고 그중에 답변이 오는 병원들을 하나씩 찾아가서 면접을 보기 시작했다. 동서남북 어디든 기회가 되면 다 갔다.

면접은 1:1 혹은 2:1(병원장과 매니저가 같이 들어오는 경우)로 진행되었다. 인터뷰 때는 나에 대한 일반사항과 더불어 가상의 케이스를 주고서 내가 어떻게 접근하는지도 평가하는데, 거의 모든 병원에서 공통으로 물은 질문은 바로 '귀'와 '피부' 진료이다. 내가 취업하고자 했던 일반병원 대부분을 차지하는 환자들이 바로 '귀'와 '피부' 문제 때문에 내원하기 때문에 원장들은 내가 얼마나 구체적으로 그것들을 다룰 수 있는지 알고 싶어했다. 개들은 사람과 달리 귓구멍이 L자 모양으로 생겨서 귀 안에 찌꺼기가 제대로 배출되지 못해서 생기는 질병이 많다. 그리고 피부병 그중에서도 '가려움증'과 관련된 질환이 한두 개가 아니기 때문이다.

인터뷰를 통해 병원 측이 나를 마음에 들어 하면 병원에 이틀 정도 나가는 'Shadowing'이라는 것을 한다. 이 'Shadowing'은 내가 병원 닥터의 그림자가 되어 따라다니면서 병원이 어떻게 돌아가는지 관찰하고 병원 입장에서는 나한테 케이스 관련 질문을 하거나 테크닉을 시켜서 내가 실질적으로 얼마나 일을 하는지 평가하는 과정이다. 수의사는 클라이언트와 상담할 때 커뮤니케이션이 물론 중요하지만 결국에는 '기술'로 먹고 사는 직업이다. 말로는 아무리 잘해도 직접 내 손으로 하지 못하면 소용없는 것이다. 'Shadowing'기간에는 병원 닥터를 따라서 진료실 안에도 직접 같이 들어가는데, 보호자와 상담이 끝나고 진료실 밖으로 나오면 나에게 "어떻게 치료할 거야?"라고 질문을 했다. 하루에 케이스가 여러 개니까 각각의 케이스에 대해서 내 나름의 진단과 치료 계획이 있는지 평가하는 것이다. 하지만 절대 압박하거나 공격적으로 묻는 것은 아니고, 나를 하나의 닥터로 존중하면서 "요즘 학교에서는 어떻게 배워?"라고 묻기도 한다. 물론 대답을 못 하면 뭐, 닥터로 취급 안 하겠지만. 다행히도 미국 수의대병원 로테이션을 돌 때의 경험과 캘리포니아에 넘어와서 했던 외부 실습에서 보고 배운 내용이 많아서 대답하기에 어렵지는 않았다. 어차피 동네 일반 동물병원에서는 엄청나게 거창한 케이스들이 많지는 않지만, 채용 절차가 나름 까다로운 이유는 미국 동물병원은 한국과 달리 New Graduate이라 하더라도 입사 첫날부터 수습 기간 없이 바로 환자의 치료와 수술에 투입되기 때문에 바로 실전에 쓸 수 없으면 고용할 이유가 없는 것이다.

다행히 요즘은 미국 경기가 좋아서 그런지 수의사를 원하는 수요도 그 어느 때보다 높다. 그래서 특별히 수의학적으로 하자가 있지 않은 한 조금은 고용주보다는 지원자가 유리한 시장이다(현재로서는). 그러면 나 같은 외국인 수의사가 병원을 정할 때 고려해야 하는 것은 무엇일까? 한인 병원vs미국인 병원, 병원 위치, 병원 규모, 병원 분위기, 케이스 다양성, 복지, 연봉 등 고려할 게 한둘이 아니다. 일단 나는 미국에 온 김에 한인 원장님보다는 미국인 병원에서 일하는 게 낫겠다 싶어서 주로 미국인 병원을 지원했다. 또한, 병원 위치 측면에서는 도시지역과 내륙 변방 지역으로 구분하는데, 내륙 변방 지역 동물병원들은 수의사를 못 구해서 안달이기 때문에 초임 수의사 연봉이 도시지역보다 상대적으로 높다. 솔직히 돈을 최우선으로 한다면 내륙으로 들어가는 것이 좋지만, 내륙이기 때문에 할 게 진짜 없고 지루한 생활을 해야 하는 단점이 있다. 병원규모는 멀티 닥터 병원이 있고, 1인 병원이 있으며, 병원 분위기는 Staff들 간에 갈등 없이 서로 협력해서 일을 잘하는지 여부이다. 조금만 관찰하면 까칠한 닥터나 테크니션이 누구인지 'Shadowing'할 때 금방 눈치챌 수 있다. 모름지기 모든 스트레스는 인간관계에서 오기 때문에 까칠한 사람이 보이면 피하는 게 정신건강에 좋다. 마지막으로 케이스 다양성이라 함은 부촌에서 일하면 상대적으로 단순한 케이스들만 볼 수 있는 반면, 조금 못 사는 데서 일하면 다양한 케이스들을 통해서 단시간 내에 많은 경험을 쌓을 수 있는 차이가 있다. 이 모든 것을 종합해서 내가 어느 병원에 일하고 싶은지 결정을 해야 하는데, 결국에는 연봉 협상 때 모든 요소가 반영된다. 거기에 더해서 '경쟁자'가 있는지도 중요하다.

초반에는 경쟁자 없이 나 혼자 병원 인터뷰를 다녔다. 그래서 연봉협상을 할 때도 별 고민 없이 내가 원하는 걸 불렀고, 대부분 원장이 그것을 수용하는 분위기였다. 아, 물론 시세가 얼마인지는 대충 알고 불렀지만 말이다. 그렇게 이 병원 저 병원 다니다 보니 내가 어떤 병원에서 일하고 싶은지 대충 감이 오기 시작했다. 이왕이면 멀티 닥터(배울 점이 많으므로)이고, 테크니션이 많고(테크니션이 적으면 그만큼 수의사가 해야 하는 일이 많다.), 도심 쪽에 있고, 적당히 수준 있는 클라이언트가 있는 곳이 좋아 보였다.

딱 맞는 병원을 찾는 데는 인내심이 필요했다. 그 많은 병원 홍보 글 중에 인터넷상으로는 완벽해 보이지만, 막상 가 보면 나와는 맞지 않는 병원들이 많이 있었다. 계속해서 새로운 병원에 가서 새로운 사람들 앞에서 인터뷰를 보다 보니 생애 최초로 '소화'가 안되기 시작했다. 위염인 것 같아 약국에서 소화제를 사 먹으면서 계속해서 인터뷰를 다녔다. 내가 정말로 원하는 병원이 나타날까 초조해 하던 와중에 외부 실습 거의 막바지에 내가 원하는 조건에 거의 부합하는 곳을 찾게 되었다. 이력서를 보냈고 다행히 병원 측에서도 면접을 보러 오라고 했다.

면접 분위기는 좋았다. 원장과 매니저가 들어와서 나에게 여러 질문을

했고, 나도 내가 아는 선에서 답을 했다. 원장은 넌지시

"내일도 다른 지원자가 오긴 하는데 일단 Dr. Lee와 'Shadowing' 날짜를 잡읍시다."라고 했다.

그로부터 며칠 뒤에는 병원에 직접 나가서 현장이 어떻게 돌아가는지 'Shadowing'도 했는데 닥터들도 우호적이고 테크니션들도 아주 능숙하게 일 처리를 했다. 거기다가 주 4일 근무 조건이었다(물론 좀 일찍 시작하고 조금 늦게 끝나긴 하지만)! 그렇게 마지막 'Shadowing' 날 원장 및 매니저와 면담하면서 나에게 얼마의 연봉을 원하느냐고 물었다. 순간 고민이 되었다.

'이전에 봤던 병원 중에선 여기가 제일 좋단 말이지. 그런데 이전처럼 세게 불렀다가는 잘못하면 경쟁자가 이 병원 채 갈 수도 있을 것 같은데…'

머릿속으로 고민이 되었다. 솔직히 연봉이 조금 낮더라도 이 병원이라면 다른 조건들이 좋아서 일할 수 있다고 생각했다. 그래서 결국에는 이전 병원에서 얘기했던 금액보다 조금 더 낮게 제시했는데, 뜻밖에도 원장과 매니저가

"그럼 계약하자!"라고 단박에 말하는 것이었다. 상당히 당황스러웠다.

알고 보니 2달 전에 외부 실습을 했던 종합병원 내과 전문의가 이 원장의 옛 스승이었고, 그분이 나에 대해서 좋게 말을 해서 원장도 내심 뽑으려고 생각하고 있었다는 것이다(미국은 이렇게 '지인 추천'이 중요한가 보다.). 내가 이력서를 쓸 때 그 대형병원 외부 실습 경험도 썼는데, 원장이 그걸 보고 그분에게 전화해서 나에 관해 체크를 했던 것이다.

'이럴 줄 알았으면 좀 더 높게 부를걸.'

라고 생각했지만 이미 내뱉은 말을 번복할 수도 없고, 역시 사회 초년병인 나는 협상력도 하급 닌자임을 인정하고 열심히 배우고 최선을 다하자는 다짐을 울며 겨자 먹기로 했다.

그래도 이렇게 미국에 와서 1년 동안 미국 수의대 실습을 하고 취업도 확정되니 뭔가 미국에서의 제1막이 완성되는 느낌이다. 앞으로 일을 시작하면 돈 벌고 사는 게 얼마나 힘든 일인지 느끼겠지만, 그래도 '진짜' 수의사가 되어 내 판단하에 환자를 치료할 수 있다는 것이 설렌다. 물론 선배 수의사 형들은 '넌 이제 좋은 시절 다 갔다.'라고 하지만….

# 🖊 첫 출근

드디어 기다리고 기다리던 첫 출근 날이 다가왔다. 지금까지는 계속 학생의 입장에서 닥터들이 진단을 내리고 처치를 하는 것을 지켜만 보다가 이제는 내가 닥터가 되어 주도적으로 클라이언트 상담을 하고 환자의 처치를 해야 하는 것이다. 첫날에 우왕좌왕하는 것을 막기 위하여 환자의 무게에 따른 약 복용량과 같은 것을 정리하여 한 번에 보기 쉽게 차트도 정리도 해 놨고, 병원 진료 프로그램 유튜브 강좌도 미리 봤다. 지금까지는 큰 그림에만 집중하다가 이제는 세부 디테일까지 신경 써야 해서 자잘한 것들에 대해서 보기 쉬운 곳에 메모도 해 놨다. 그리고 청진기도 지금까지 쓰던 학생 것 대신 훨씬 정밀한 것으로 바꿨다. 미국 우체국의 실수로 청진기를 받기까지 우체국을 들락거리고 하는 등의 번거로움이 있었지만, 어쨌든 첫날 출근을 위한 준비는 마쳤다.

병원에 출근해서 예약표를 보니 다행히도 첫날인 나를 배려하여 원래는 30분마다 잡혀 있는 예약을 조금은 드문드문 잡아 놓은 것을 볼 수 있었다. 드디어 첫 클라이언트를 만나러 진료실에 들어갈 차례가 되었다. 테크니션이 먼저 클라이언트에게서 청취한 내용을 내게 들려주면서 피부 가려움증 때문에 내원한 환자라고 했다. 진료 룸에 들어가기 전에 항상 확인해야 하는 것은 환자의 이름, 성별, 나이이다. 특히 성별을 안 보고 들어가면 상담 와중에 이 개가 수컷인지 암컷인지 헷갈려서 반대로 말하는 경우가 있는데, 그러면 클라이언트 입장에서는 닥터에 대한 신뢰도가 떨어질 수 있으니 조금 더 신경을 써야 한다. 어쨌거나 가려움증을 앓는 개에 대해서 클라이언트와 얘기를 하고 환자를 살펴보니 엉덩이와 꼬리쪽을 중심으로 계속 긁어서 털이 빠지고 염증이 나 있었다. 이것은 이쪽 지방에서는 굉장히 흔한 증상인데, 그 원인은 '벼룩'이다. 한국에는 없지만, 캘리포니아 지방은 벼룩 감염이 동물들에서 매우 흔하다. 벼룩의 침속에 있는 물질이 개에서 알레르기 반응을 일으켜서 개가 계속 긁게 되는 것이다. 한국 수의대 피부과 시간에 벼룩 가려움증을 배울 때, 피부과 교수님이 "한국에도 벼룩의 도입이 시급합니다!"라고 외치셨는데, 진짜 벼룩 때문에 내원하는 환자가 미국 병원에는 정말로 많다. 벼룩 가려움증의 경우에는 벼룩을 퇴치하는 기생충 약을 처방하면 금세 가려움증이 좋아진다.

보호자 상담을 마치고 진료실을 나오면 테크니션에게 진료 계획표를 만들도록 해야 한다. 진료 계획표란 환자를 보고 나서 내가 할 진단과 치료 등 각 항목에 대한 가격을 표로 작성해서 보호자에게 보여주는 것이다. 보호자는 그 항목 중에서 본인이 부담할 수 있는 항목을 선택해서 사인하면, 그다음부터 동의한 항목에 대한 진단과 치료가 시작될 수 있다. 더 많은 진단을 할수록 더 구체적인 치료법이나 약을 쓸 수 있지만, 진단 항목이 늘어나면 돈은 비싸진다. 진료 계획표를 만들기 위해서는 내가 어떤 것들을 하고 싶은지 테크니션에게 말해줘야 하고, 어떤 알약을 어떤 용량으로 몇 알 처방할 건지도 말해줘야 한다.

첫 케이스치고는 어렵지 않은 환자가 와서 다행이라고 생각하던 찰나에, 다음 환자에 대해서 테크니션이 브리핑하러 왔다. 이번 환자는 평소에 이상한 것들을 잘 주워 먹는 어린 래브라도 리트리버가 이틀 전부터 밥을 잘 안 먹고 간헐적으로 토한다는 것이다. 이번 케이스는 그렇게 쉽게 넘어갈 케이스 같지는 않다는 느낌이 들었다. 보호자와 상담을 하고 환자를 보니 상태가 생각보다 나쁘지는 않은 게 다행이기는 했다. 토를 하는 것이 문제인데, 이 경우에는 단순한 위염일 수도 있고 안 좋은 경우에는 췌장염일 수도 있고 아니면 이상한 것을 먹은 게 소장 어딘가를 틀어막고 있어서 음식물이 계속 역류하는 상태일 수도 있다는 생각이 들었다. 혹시나 어떤 것을 놓치고 있지 않나 동료 닥터에게도 조언을 구했더니 진단과 치료 방향에 대해서 조언해 주었다. 나와 같이 일하는 닥터는 25년 차 미국인 닥터인데, 내가 뭘 물어보면 참 잘 알려주고 한다. 굉장히 인상적인 것은 내가 비록 신참이긴 하지만 내 의견도 굉장히 존중하면서도 자기라면 어떻게 하겠다는 식으로 조언해 준다. 그리고 항상 "Does that make sense?(말이 되는 거 같아?)"이라고 물어본다. 자기가 모르는 것은 솔직히 잘 모르겠다고 하면서 같이 찾아보는 게 있는데, 그것은 바로 미국 수의사의 지식인인 'Vin.com'이라는 사이트이다.

이 사이트는 미국 수의사계의 네이버 지식인 같은 곳인데, 책에는 나와 있지 않은 진짜 애매하지만, 현실적인 고민 같은 것들을 수의사가 질문을 올리면 전문의들이 논문 또는 본인의 경험을 답글로 달아주는 정보의 보고이다. 진짜 이 사이트를 보면서 정보를 축적, 기록하고 의견을 공유하는 이런 방식이 수의학계뿐만 아니라 현재의 미국을 강성하게 하는 것이 아닌가 하는 생각이 든다. 수의사면 일정 금액을 매달 회원비로 내야 하긴 하지만, 그 돈이 아깝지 않을 정도로 진료하면서 내가 갖는 궁금증을 지식인처럼 검색하면 누군가가 예전에 올렸던 질문과 그에 대한 답글을 볼 수 있는 게 정말 신기하다. (한국 수의대생들에게는 무료다.)

어쨌거나 어린 래브라도 리트리버는 혈액검사와 복부 X-ray를 찍기로 결정했다. 또 하나 미국 동물병원의 한국과 다른 점은 혈액검사나 X-ray 같은 것들을 '외주'를 많이 준다는 것이다. 무슨 말이냐 하면 한국 동물병원에서는 혈액검사를 하면 주로 병원 내에 있는 혈액 분석기를 이용해서 그 즉시 결과값을 도출한다. X-ray도 병원에서 찍어서 그 병원 수의사가 판독해서 진단한다.

미국 동물병원들의 경우에는 응급 케이스가 아닌 한 대부분 혈액은 근처 대형 임상 분석 연구소에 보내서 판독한다. 임상 분석을 전문으로 하는 대형 회사들은 지역마다 거점 연구소를 설립해서, 최신 분석 기계를 이용해서 병원 내 장비보다 더 정확한 혈액분석 데이터를 인터넷으로 제공한다. 연구소에서는 오전에 한번 오후에 한번 혈액 샘플을 수거 하러 오는데, 4시간쯤 뒤면 웹 사이트에서 혈액 결과를 조회할 수 있다. 더 신기한 것은 혈액 결과를 받긴 했는데 이게 질병과 어떤 관계인지 모르겠으면, 그 회사 상담소로 전화하면 수의내과 전문의가 상담해 준다. 내가 지금 맡고 있는 환자의 임상 증상을 얘기하면 검사 결과를 보면서 전문의가 케이스에 대해서 조언을 해 준다. 가끔 상담하는 전문의가 굉장히 귀찮아하는 뉘앙스를 풍기긴 하지만, 대부분은 잘 설명을 해 주고 또 가끔은 Too much talker를 만나서 전화를 언제 끊어야 하는지 난감한 경우도 있다.

X-ray의 경우에도 외주를 줄 수 있다. 초기 질병 단계에 있는 환자들의 X-ray는 전문가가 아닌 이상 판독하기가 쉽지 않은 경우가 많다. 이럴 때에는 보호자에게 요금을 더 받고, X-ray 이미지를 수의 방사선 전문의에게 의뢰한다. 그러면 요금에 따라서 그 즉시, 1시간 이내, 4시간 이내 또는 24시간 이내에 X-ray 이미지에 대해서 상세한 소견서를 메일로 받을 수 있다. X-ray 소견서를 받으면 '정말 전문의는 다르긴 다르구나!'라고 감탄을 할 때가 많다. 내가 전혀 신경 쓰지 않았던 구석에 있는 것까지도 상세하게 다 잡아내서 소견서를 보내준다.

어쨌거나 우리의 어린 래브라도 리트리버는 그렇게 해서 혈액 결과와 X-ray 결과를 토대로 봤을 때 우려할 만큼 크게 이상한 점은 없어서 구토에 대한 약을 처방하기로 했다. 보호자는 이전에 본인이 키우던 다른 개가 이상한 것을 먹어서 수술한 적이 있기 때문에 다행이라고 하면서 기본적인 약만 처방받아서 집에 갔다.

첫날의 마지막을 향하고 있을 때 퍼그 한 마리가 응급 환자로 급하게 들어왔는데, 체온이 매우 상승해 있고 미친 듯이 헐떡거리고 있었다. 주인 말에 의하면 집을 잠깐 비우고 돌아왔는데 개가 바닥에 쓰러져서 헐떡거리고 있었다고 했다. 퍼그처럼 주둥이가 짧은 애들은 선천적으로 목구멍 구조가 이상한 경우가 많은데, 이런 애들은 특히 더운 날씨에 흥분해서 짖다가 보면 가뜩이나 목구멍 구조가 이상해서 숨쉬기가 힘들어지는데, 이때 더 힘을 짜서 숨 쉬려다 보면 목구멍이 더 막히고 하는 악순환이 반복되면서 더위 먹는 증상과 함께 호흡에 문제가 생기는 경우가 있다.

하필 다른 닥터가 진료실에 들어갔을 때 얘가 들어온 것이다. 일단 테크니션들은 내가 말하지 않았는데도 정맥 라인을 잡기 시작했다. 다행히도 미국 수의대 로테이션을 돌 때 이런 환자를 한번 봤던 게 떠올랐다. 이럴 때에는 일단 호흡의 악순환을 끊어야 하기 때문에 진정제로 안정을 시킬 필요가 있다. 얼른 계산기로 진정제 용량을 산출한 뒤 투여하라고 지시했다. 이 진정제는 자주 사용하기 때문에 용량이 머릿속에 저장되어 있던 게 다행이었다. 그러면서 산소를 연결하고 몸에 물을 뿌리고 하면서 체온이 내려갈 때까지 기다렸다. 또한, 체온이 비정상적으로 올라가면 탈수증상과 함께 혈액 내에 있는 응고인자와 염증 인자도 이상을 일으켜 걸

잡을 수 없는 상태까지 갈 수 있기 때문에 혈액순환을 위해서 정맥 카테터를 통해 수액을 주입해야 한다. 시간이 조금 지나자 환자가 안정을 취하기 시작했고 체온도 많이 떨어져 있었다. 응급 혈액 분석기로 혈액 분석을 했더니 다행히도 빨리 병원에 와서 혈액 수치들은 크게 이상이 없었다. 우리 병원은 입원 환자는 받지 않기 때문에, 보호자에게 환자가 일단은 안정을 취했지만, 하루 정도는 더 안정을 취하는 게 좋을 것 같다고 말하면서 야간 동물병원으로 이송했다.

그동안은 다른 닥터들이 하는 것만을 지켜만 보다가 내가 직접 하자니 하나부터 열까지 쉬운 게 정말 하나도 없었다. 특히나 동물은 말을 못하기 때문에 보호자에게서 최대한 많은 정보를 얻기 위해 노력해야 하는데 영어로 하려다 보니 내가 하고 싶은 말을 다 하지 못하는 경우도 있고, 보호자가 질문하는 것에 대해서 더 자세히 설명할 수 있는 것도 못하는 경우가 많다. 물론 같은 케이스를 몇 번 보고 나면 대충 레퍼토리가 생겨 말을 더 잘할 수 있겠지만, 일단 지금은 한 케이스 한 케이스가 닥터가 된 후 혼자서 맞닥뜨리는 첫 경험들이기 때문에 시행착오를 겪고 있는 것 같다.

더군다나 미국 동물병원들의 특징이긴 한데 신참 수의사가 환자를 죽이든 살리든 다른 닥터들은 잘 관여하지 않는다. 내가 가서 먼저 질문하기 전까지는 말이다. 이게 수의사 서로 간의 존중이 될 수도 있고, 어쩌면 무관심일 수도 있다. 그래서 더더욱 모르는 케이스가 오면 얼른 책을 찾아보거나 나의 친구 Vin.com에 검색해서 치료 플랜을 짜야 한다. 그래도 대부분 보호자가 정말 협조적이고, 함께 일하는 닥터와 테크니션들이 나를 잘 도와줘서 긴 하루를 무사히 마칠 수 있었다.

그리고 미국에 와서 느끼는 것이지만, 어떤 경우에도 자신감을 잃어서는 안 되는 것 같다. 특히 미국 사람들은 우물쭈물하고 자신감이 없는 태도를 매우 한심하게 생각하는 경향이 있다. 그래서 나도 모르게 미국에 온 후로는 겸손함보다는 차라리 뻔뻔할 정도로 자신감을 유지하도록 노력하는 것 같다. 잘 모르면 그냥 자신 있게 "나 그거 잘 몰라! 찾아서 알아봐 줄게."라고 하는 게 낫지, 우물쭈물하며 넘어가려고 하면 미국인 보호자들은 금방 눈치채고 공격해 들어온다. 여기 와서 서비스 미소와 함께 얼굴에 철판도 갈수록 두꺼워지는 것 같다.

미국 수의사 되는 법
PAVE vs ECFVG

# 🔬 어떤 방법으로 미국 수의사 면허증을 딸 수 있나?

한국 수의대를 졸업한 수의사는 Educational Commission for Foreign Veterinary Graduates(ECFVG) 또는 Program for the Assessment of Veterinary Education Equivalence(PAVE)라는 과정을 거쳐서 미국면허를 딸 수 있다.

| ECFVG가 인정 되는 나라 및 주 | PAVE가 인정 되는 나라 및 주 |
|---|---|
| Australia<br>New Zealand<br>Canada<br>United States—all states | Australia<br>New Zealand<br>Canada<br>United States—Arkansas, Arizona, California, Colorado, Connecticut, Georgia, Idaho, Indiana, Iowa, Illinois, Louisiana, Maine, Maryland, Massachusetts, Michigan, Minnesota, Mississippi, Montana, Nebraska, New Hampshire, New Jersey, New York, North Carolina, North Dakota, Ohio, Oklahoma, Oregon, Pennsylvania, Puerto Rico, Rhode Island, South Carolina, South Dakota, Tennessee, Texas, Utah, Vermont, Virgin Islands, Virginia, Washington, West Virginia, Wisconsin, Wyoming, —Updated 8/2022 |

## ∵ 1.1 ECFVG

(https://ecfvg.avma.org)

대략의 과정은 '영어 시험, 필기시험(BCSE), CPE(3일 동안의 실기시험)'을 거쳐서 모두 통과하면 미국 수의사 면허가 나온다(미국 국가고시 NAVLE도 붙어야 함.).

영어 점수는 토플 기준으로, 다른 영역은 차치하고, Speaking 22점만 넘으면 되기 때문에 크게 부담이 가지는 않는다.

필기시험의 경우 'Zuku' 또는 'Vetprep'이라는 문제은행 사이트에 가입해서 본과 4학년 기준 1달 정도 열심히 공부하면 학교에서 배운 내용과 많이 겹쳐서 크게 어렵지는 않다.

문제는 CPE 실습 시험이다. CPE는 말, 소 등 대동물과 개, 고양이 같은 소동물에 대해서 3일간 실기시험을 본다. 보호자와의 커뮤니케이션, 대동물과 소동물에 대한 진단, 그리고 마취 및 수술을 심사위원들 앞에서 하면 평가를 통해 합격, 불합격이 결정된다. 학부를 갓 졸업한 수의사가 CPE를 한 번에 통과하기는 매우 어렵다고들(시험을 쳤던 지인들이) 한다. 특히 마취, 중성화수술의 경우에는 각각의 Procedure들이 완전히 손에 익은 상태여야 원만하게 통과할 수 있다. 시험장에서는 떨려서 아무 생각도 안 난다고 하며, 능숙하지 않은 수의사들의 경우 마취와 중성화 수술에서 많이 탈락해서 재시험을 본다.

CPE는 2017년 기준, 1번 치르는데 7,000달러이다. 세 과목 이내로 떨어지면 재시험이 가능하지만 4과목 이상에서 떨어지면 돈을 다 내고 다시 봐야 한다. Las Vegas에서 주로 시험을 치르기 때문에 교통비와 호텔비도 비용에 고려해야 한다.


## ∵ 1.2 PAVE

(https://www.aavsb.org/pave/)

PAVE는 ECFVG와는 다르게 미국 수의과대학 본과 4학년 로테이션을 1년 동안 이수하면 미국 수의사 면허가 나온다(미국 국시 통과하고). 대략의 과정은 '영어점수 취득, 필기시험(QSE), 미국 수의대 Clinical Rotation 1년'이라고 할 수 있다.

PAVE는 ECFVG와는 다르게 토플 Speaking Cut 점수가 26점이다. 한국에서만 공부한 사람에게 이 점수는 그다지 호락호락하지는 않다. 시험을 통과하는 것과 별개로 영어로 말을 못하면 미국 수의대 로테이션을 돌 때 매우 스트레스를 많이 받는다. 매일매일 케이스에 대한 간략한 발표, 토의 등이 있는데 영어 못하면 정말 부끄럽고 힘든 시간을 보낼 수 있다.

현재 PAVE 과정을 운영하는 대학은 크게 Louisiana, Oklahoma, 그리고 Missouri이다. Louisiana와 Oklahoma는 꾸준히 많은 한국인 수의사들이 거쳐 갔으며, Missouri는 최근부터 PAVE 학생들을 받기 시작했다. 각 대학의 학비는 홈페이지에서 확인하거나 직접 학교로 문의하기 바란다.

## ∵ 2. ECFVG vs PAVE

그렇다면 둘 중에 뭘 해야 하나?? 시민권자나 영주권자가 아닌 이상 ECFVG는 Visa라는 매우 큰 Risk가 있다.

언뜻 생각하면 연습 열심히 해서 ECFVG에서 돈도 절약하고, 시간도 절약하는 게 낫지 않을까 할 수 있다. 하지만 수의사 면허보다 더 중요한 것은 신분 문제, 즉 Visa를 어떻게 해결하는지 여부이다. ECFVG는 Visa 문제가 정말 골치 아프다고 할 수 있다. PAVE는 F1 Visa 1년 하고 나면 OPT Visa가 1년 나온다. OPT Visa 기간 안에 동물병원에 취업해서 H1b Support 또는 영주권 Sponsor를 받아서 이후 취업 상태를 계속 유지할 수 있다.

ECFVG는 수의사 면허만 달랑 나오기 때문에, 법적으로 신분이 먼저 해결되지 않는 한 미국 동물병원에 취업할 수가 없다. 그래서 ECFVG로 미국 수의사 면허를 취득한 후에 매해 4월에 실시하는 H1b Lottery에 지원하여 당첨 여부에 따라 일을 시작할 수 있다.

서울대 수의과대학은 2019년부로 American Veterinary Medical Association(AVMA) 인증을 받아 2019년 2월 졸업생부터는 ECFVG 혹은 PAVE 과정 없이 졸업 후 바로 North American Veterinary Licensing Examination(NAVLE) 응시가 가능하다.